Reinhard Baumgart

Liebesspuren

Eine Lesereise
durch die Weltliteratur

Carl Hanser Verlag

Unser gesamtes lieferbares Programm
und viele andere Informationen finden Sie
unter www.hanser.de

1 2 3 4 5   04 03 02 01 00

ISBN 3-446-19920-9
Alle Rechte vorbehalten
© 2000 Carl Hanser Verlag München Wien
Einbandentwurf: Peter-Andreas Hassiepen, München
unter Verwendung eines Ausschnitts aus dem
Gemälde *Paolo und Francesca* von Ary Scheffer
(1855; Paris, Louvre) zu Dante, *Divina Commedia* I 5
»An jenem Tage lasen wir nicht weiter«
Satz: Satz für Satz. Barbara Reischmann, Leutkirch
Druck und Bindung: Clausen & Bosse, Leck
Printed in Germany

Vorrede
77mal Glück, Schmerz, Skandal

Wozu Liebe? Warum lieben und wie?

Seit gesungen, geschrieben, gelesen wird, stellt die Weltliteratur unermüdlich diese Fragen. Sie haben einen herrlichen Schwall von Antworten ausgelöst und – sind unbeantwortet geblieben. Trotzdem oder gerade deshalb lesen und lieben wir weiter.

Nur eines scheint klar: auf diese Anstrengung und Begeisterung, die den Einen oder die Eine auswählt unter allen, als wäre nur mit ihm oder ihr dieses Liebe genannte GLÜCK möglich, mit allem Risiko der Enttäuschung – auf dieses Phantasma würden wir uns kaum immer wieder einlassen, hätten wir nicht so ausführlich und so verführerisch davon gehört und gelesen. Bewußt oder unbewußt agiert jeder Liebende im Bann einer Kulturerfindung, jenseits von aller Naturnotwendigkeit. Denn küssen, kopulieren, Kinder zeugen könnten wir auch ohne diesen beflügelnden und beschwerlichen Aufwand. Weder die pure Lust noch die Fortpflanzung der menschlichen Gattung sind auf diesen Gefühlsüberschwang angewiesen. Doch offenbar wollen wir mehr und wollen anderes, sogar mehr als bloß Glück, die schlichte Wunscherfüllung. Also lesen wir weiter und geraten auf die Schleifspur von Unglück, von SCHMERZ, Verlust, Verrat, die Liebe nach sich zieht, in den immer gleichen, neuen Geschichten. Sie könnten uns warnen und abschrecken. Doch der Liebesnarr – erst recht, wenn er liest – ist süchtig, also unbelehrbar.

Was Glück ist, glaubt jeder zu wissen, jedenfalls für sich, für die eigene Person. Denn die Philosophie, die über den Einzelfall hinaus zu denken versucht, zeigt sich in der Glücksfrage sehr unsicher. Die Literatur wiederum läßt gern eilig den Vorhang fallen, sobald sich ein glückliches Paar endlich gefunden hat. Vom Glücksfall, vor allem wenn er länger andauert, selten genug, weiß sie wenig zu erzählen. Spannungen, Konflikte, Katastrophen sind literarisch schlichtweg produktiver, sind interessanter und bewegender, für den Autor wie für den Leser. Attraktiver, ja wahrer scheint Liebesunglück paradoxerweise besonders denen, die ihr eigenes Leben längst in Sicherheit gebracht haben, für die mit einer einzigen Wahl und Entscheidung, für einen Partner oder eine Ehe, das Phantasma Liebe für immer stillgelegt oder erloschen scheint. Aber neugierig, sehnsüchtig bleiben sie trotzdem und erliegen wie alle dem Sog der unendlichen Varianten der immer gleichen Muster, die Romeo und Julia oder Othello, Tristan, Undine oder Anna Karenina und Effi Briest geprägt haben.

»Jeder Leser, wenn er liest, ist nur ein Leser seiner selbst«, heißt es bei Proust, und im Zeichen dieser Einsicht oder Vermutung ist der Pakt zwischen den Schreibenden, Lesenden, Liebenden zu allen Zeiten neu geschlossen worden. Lesend meinen wir unsere eigene Geschichte genauer wiederzuerkennen, als wir sie selbst erlebt und verstanden haben. Lesend wollen wir aber auch alles Ungelebte, Ungewagte, die Gegenwelt unserer Wünsche und Möglichkeiten entdecken oder wiederentdecken.

Auf dieser Spur bewegen sich die Lektüren, die Kapitel dieses Buches. Den Glücksschock des *Ersten Anblicks* oder der *Geständnisse* wollen sie auch dem offenbaren, der ihn nie erfahren hat, die Entscheidung zwischen *Entweder-Oder*, das *Tödliche Dreieck* oder die *Qual der Wahl* eines oder einer richtig Falschen auch allen vorführen, die nicht oder noch nicht in solche Fallen hineingeraten sind. Begierige und allzu *Kluge Voyeure* sind wir angesichts von fremden Liebesfällen wohl alle, und *Schlimme Kinder* wären wir mindestens ganz gern gewesen.

Aber: SKANDAL? Wie sollte es dazu heute noch kommen, also in Zeiten, die alles patent tolerieren, den Ehebruch als Seitensprung und Frischzellenkur, den frühen Vollzug wie den unbefangen frischen Konsum von Sexualität als gesund, ihre nicht »normalen« Abweichungen als Minderheitenrecht? Skandal, für den die Weltliteratur so unerhört viele und finstere Beispiele weiß, das war einmal der Zusammenstoß sozialer Ordnungen, ob geregelt durch Ehe und Ehre, Moral und Religion oder auch pures Machtinteresse, mit dem regellosen Zwischenfall Liebe. Zum Skandal aber kann sie noch heute werden, wenn sie ihren weltfremden Eigensinn behauptet gegen die Normen eines postmoralischen anything goes, wenn sie mit ihrer blinden Begeisterung für den Einen oder die Eine den geltenden Sex-Konformismus stört und verstört. Denn nur außerhalb verfügter Ordnungen, nicht zähmbar, nicht integrierbar, will und kann Liebe leben.

Fallhöhe nennt die klassische Dramaturgie das Risiko, aus dem literarische Figuren, Konfliktlagen, Handlungen ihre Spannung beziehen. Auch unsere tägliche Erfahrung und erst recht die des Liebeszustands kennt dieses Schwindelgefühl, hoch oben zu sein, der Schwerkraft scheinbar enthoben, aber auch gefährdet. Je weniger Fallhöhe das nivellierte Leben heute anbietet, desto gieriger, süchtiger wird diese Erfahrung gesucht, ob in Texten oder in Bildern, im Kino oder in Romanen, und je sehnsüchtiger geschaut und gelesen wird, desto wahrscheinlicher können die imaginären Abenteuer zurückwirken, wieder eingreifen in die Lebenspraxis. Denn noch immer möchte man gern so leben, »wie es im Buche steht«. Also will und soll dieses Buch zweifach verführen: Zum Lesen wie zum Lieben.

Erster Anblick

Ich ging durch den Hof nach dem wohlgebauten Hause, und da ich die vorliegenden Treppen hinaufgestiegen war und in die Türe trat, fiel mir das reizendste Schauspiel in die Augen, das ich jemals gesehen habe. In dem Vorsaale wimmelten sechs Kinder, von eilf zu zwei Jahren, um ein Mädchen von schöner mittlerer Taille, die ein simples weißes Kleid mit blaßroten Schleifen an Arm und Brust anhatte. Sie hielt ein schwarzes Brot und schnitt ihren Kleinen rings herum jedem sein Stück nach Proportion ihres Alters und Appetites ab, gabs jedem mit solcher Freundlichkeit, und jedes rufte so ungekünstelt sein: Danke! indem es mit den kleinen Händchen lang in die Höh gereicht hatte, eh es noch abgeschnitten war, und nun mit seinem Abendbrode vergnügt entweder wegsprang, oder nach seinem stillern Charakter gelassen davon nach dem Hoftore zuging.

Einen Engel, so schreibt Werther seinem Freund Wilhelm, habe er kennengelernt, aber dann doch keinen Engel, denn »das sagt jeder von der Seinigen, nicht wahr?«, und die Seinige soll ja unvergleichlich sein, weil sie »Einfalt« besitzt, trotz »so viel Verstand«, Festigkeit und Seelenruhe trotz einem herrlich tätigen Leben – so schwärmt und preist er weiter in seinem Brief, um dann das alles wegzuwischen als »garstiges Gewäsch« und »leidige Abstraktionen«. Von diesem Engel kann eben nur ein Bild überzeugen, das Bild des ersten Anblicks seiner Lotte: »Jetzt gleich will ich dirs erzählen.«

So erscheint sie nun im Kreise der sie umwimmelnden sechs Geschwister und Halbwaisen, denen sie als Älteste und Ersatzmutter die Abendbrote zuteilt. Eine bürgerliche Genreszene, stumm und doch beredt, denn sie drückt ja akkurat das Tugendprogramm aus, das vorher »Gewäsch« und »Abstraktionen« schon beschworen haben. Diese liebe- und sorgenvolle Brotschwester leuchtet wie eine Allegorie der Zuverlässigkeit, Solidität und Treue. Darüber ist zu Werthers Zeiten manch Leserauge feucht geworden, während uns, viel kühler, wohl nur noch rühren kann, wie schon in den ersten Anblick dieser Liebenswürdigen alle Zeichen der Vergeblichkeit von Werthers

Liebe eingetragen sind. Der Arme ist ja, und mit ihm der Leser, vorgewarnt worden, hat erfahren, daß sie eine Braut ist, »schon vergeben« also: »Nehmen Sie sich in acht, daß Sie sich nicht verlieben!« Und vergeben auch noch »an einen sehr braven Mann«.

Nun könnte er, und wir mit ihm, ahnen, wie gut diese Brave paßt zu dem Braven und daß so ein gütiger Sorgengel seine Bindungen kaum auflösen wird und kann. So spricht alles, was für sie wirbt, schon gegen diese eben erst entstehende Liebe. Oder vielmehr: für ihre Aussichtslosigkeit. Sollte Werther, so beginnt der Leser hinter dessen Rücken zu mutmaßen, gerade an dieser Aussichtslosigkeit hängen? In seinem Text läßt Goethe diesen Verdacht erst viel später laut werden, und aussprechen wird ihn dann der brave Bräutigam, Lottes Albert.

Es ist eine alte Geschichte und der immer gleiche Trick der Erzähler, auf den wir doch immer wieder willig hereinfallen: Wir sollen und wollen mitgerissen werden mit der Geschichte und wollen und sollen doch immer schon mehr ahnen und wissen als die ihr verfallenen Figuren. Also begreifen, daß schon der erste Anblick zugleich lockt und warnt: Flauberts Madame Arnoux, als liebreizend Stickende, oder Humbert Humberts Lolita, wenn sie mit ihren liederlichen Zehen Kiesel gegen Blechbüchsen schleudert, oder eben Werthers Lotte, die ihn anzieht und sich ihm entzieht als Broteverteilerin. Für den Liebenden sagt der erste Anblick immer: die oder keine. Was sich der vorlaute Leser schon übersetzt in: die, also keine.

E s war wie eine Erscheinung.
Sie saß mitten auf einer Bank allein; oder wenigstens vermochte er in dem Glanz, der seine Augen traf, keine andere Person zu erkennen. In dem Augenblick, da er vorüberging, hob sie den Kopf; unwillkürlich senkte er den seinen, und erst aus einer Entfernung von einigen Schritten blickte er wieder zu ihr hin. Sie trug einen breiten Strohhut mit rosa Bändern, die hinter ihr im Winde flatterten. Ihr schwarzes gescheiteltes Haar lief in glatten Streifen an den Spitzen ihrer geschwungenen Augenbrauen vorbei so tief hinab, als wollte es das Oval des Gesichts liebkosend umschließen. Ihr helles, getüpfeltes Musselinkleid bauschte sich in reichen Falten. Sie war mit einer Stickerei beschäftigt; und ihre Nase, ihr Kinn, ihre ganze Figur hoben sich klar von der Himmelsbläue ab.

So beginnt, mit dem ersten Anblick der Madame Arnoux, die »éducation sentimentale« des Frédéric Moreau, Flauberts triumphale Zermürbung eines empfindsamen Menschen. Wie sollte man diesen Titel, dieses Erzählprogramm übersetzen – mit Erziehung des Gefühls, Lehrjahre des Herzens? Alles schön feierlich falsch, besonders für Leser, die diese siebenundzwanzigjährige Zu- und Hinrichtung einer Liebe schon einmal durchgestanden haben. Und dabei fängt alles so licht, so hoffnungsvoll an mit jenem 15. September 1840 – Flaubert setzt das Datum bedeutungsvoll in seinen ersten Satz, als sollte nun ein historischer Roman, eine Haupt- und Staatsaktion beginnen –, an dem der Achtzehnjährige auf einem Seinedampfer seine lebensbestimmende »Erscheinung« hat.

Alles Menschengewimmel, die ganze Umwelt aus Rufen, Abfall, Hunden, Maschinenlärm, die seitenlang zusammenerzählt worden ist, alles versinkt, erlischt, die Zeit steht still, der Raum verliert seine Dreidimensionalität, wird zum gerahmten Bild, einem Madonnenbild vor Himmelsblau. So jedenfalls, als Ikone seiner Andacht, scheint Frédérics Blick diese Spätsommerdame zu erfassen. Doch die Ikone stickt.

Ein heikler Augenblick, diese erste Präsentation einer nun über Hunderte von Seiten hoffnungsvoll und hoffnungslos

Adorierten. Still schließt der Autor seinen doppelten Pakt, mit dem Helden wie mit dem Leser, denn zu dritt müssen sie die lange Strecke dieser sich immer wieder erschöpfenden und erneuernden Liebe durchhalten. Ohne eine Grundsympathie für den zwar älter, doch nie erwachsen werdenden Frédéric würden Autor und Leser das nie durchstehen. Doch kaum auch ohne ihre klammheimliche Komplizenschaft gegen den Helden. Schon in diesem Gründungsaugenblick nämlich beginnt Flaubert mit seiner Subversion dieser romantischen Liebe.

Nur scheinbar läßt er sich führen und verführen von Frédérics achtzehnjährigem Begeisterungsblick. Im kühlen Medium seiner Sätze liefert Flaubert ein meisterhaftes Damenporträt, scharf, unverzittert und an seiner Meisterhaftigkeit spürbar mehr interessiert als an der Andacht des jungen Voyeurs, die er bedient, ohne sich ihr zu unterwerfen. Ganz abgesehen davon, daß der Erzähler die Madonna als stickende Hausfrau zeigt und gleich in weiteren Erzählschritten als besorgte Mutter und demütige Gattin vorführen wird, um sie damit dreifach dem schwärmerischen Studenten zu entrücken.

Die schöne Bildfrau wird so zurückgeholt in die Realität, sozial definiert, für Flaubert und für uns. Nicht für Frédéric, der sich und sie ins Irreale entgrenzt: »Sie glich den Frauen in den romantischen Büchern ‹...› Die Welt hatte sich mit einem Mal geweitet.« Er möchte lieben, wie es im Buche steht, doch das Buch, in dem er nun loszulieben beginnt, hat ihn schon eingefangen in sein antiromantisches Erzählprogramm.

Ein Wagen der Ottilien brachte war angefahren. Charlotte ging ihr entgegen; das liebe Kind eilte sich ihr zu nähern, warf sich ihr zu Füßen und umfaßte ihre Kniee.

Wozu die Demütigung! sagte Charlotte, die einigermaßen verlegen war und sie aufheben wollte. Es ist so demütig nicht gemeint, versetzte Ottilie, die in ihrer vorigen Stellung blieb. Ich mag mich nur so gern jener Zeit erinnern, da ich noch nicht höher reichte als bis an Ihre Kniee und Ihrer Liebe schon so gewiß war.

Sie stand auf und Charlotte umarmte sie herzlich. Sie ward den Männern vorgestellt und gleich mit besonderer Achtung als Gast behandelt. Schönheit ist überall ein gar willkommner Gast. Sie schien aufmerksam auf das Gespräch, ohne daß sie daran Teil genommen hätte.

Den andern Morgen sagte Eduard zu Charlotten: es ist ein angenehmes unterhaltendes Mädchen.

Unterhaltend? versetzte Charlotte mit Lächeln: sie hat ja den Mund noch nicht aufgetan.

So? erwiederte Eduard, indem er sich zu besinnen schien: das wäre doch wunderbar!

Der alte Wieland war ein alle Welt schätzender und von aller Welt geschätzter Mann, konnte ein Ausbund an Toleranz und Güte sein. Auch als eine stürmende und drängende Generation seiner heiteren, ironisch gebrochenen Erzählkunst das Wasser abzugraben begann, wurde er nicht bitter, sondern blieb neugierig auf diese jungen Kerls, und Goethe schien er wirklich zu lieben. Aber als dann beide nebeneinander älter wurden und der nun sechzigjährige Goethe seinen Wahlverwandtschaften-Roman mit abgründiger Ironie erzählte, da ausgerechnet versagte Wielands Lesersympathie: Er mochte das Buch so wenig wie die ganze kommode Mitwelt.

Mit Ausnahme einer Szene, mit der das sechste Kapitel des ersten Teils eröffnet wird, die kniefällige Ankunft Ottiles im Schloß der Tante Charlotte, vor den Augen des Onkels und späteren Geliebten Eduard. Für dessen Kommentar am nächsten Morgen, so Wieland, würde er gern Freund Goethe ein

Rittergut schenken. Wir vielleicht auch, wenn wir eines übrig hätten.

Eduard verrät sich hier, weder zum ersten noch zum letzten Mal, als ein reizend und aufreizend kindlicher Mensch, in dem sich mehr bewegt, als er zu bemerken scheint, der arglos ausspricht, was sich ihm und in ihm noch verbirgt. Er hat also Ottilies »Schönheit« schon sprechen gehört, bevor sie noch den Mund aufgetan hat. Aber nicht Ottilies Schönheit zeigt ja die Ankunftsszene, sondern eine Demuts-, Dankbarkeits- und Unterwerfungsgeste, mit der dieses Waisenkind bei seiner Tante Zuflucht sucht.

Wehrlos ist dieses Kind, willig und gefügig, das könnte einem zur Liebe schon insgeheim entschlossenen »Wahlverwandten« mit einem Blick eingeleuchtet haben. Wie stolz und selbstbestimmt sie sich noch entwickeln wird, das dagegen gibt Ottilie in dieser Szene kaum zu erkennen. Nicht für Eduard, eher für den Leser, der sie zwar zum ersten Mal »sieht«, doch schon vorher durch Gutachten aus ihrem Internat kennengelernt hat, in psychischen Innenporträts sozusagen, in ihren nachtwandlerischen Stärken und Schwächen, nicht ganz von dieser Welt, mithin auch nur in Maßen gefügig und lenkbar.

Wieder wird der erste Anblick eines später unendlich geliebten Wesens also für den Leser grundiert, ja unterminiert mit Vorwissen. Das genügt, um leicht zu staunen oder schon zu erschaudern über den holden Erzählersatz von der Schönheit als einem überall gar willkommnen Gast. Der Autor und sein Roman natürlich wissen es längst besser und böser als dieser vorgeschobene und so oft onkelhaft betuliche Erzähler: Ottilies gewinnende »Schönheit«, dieser »Augentrost« – so heißt es zwei Seiten später –, wird schließlich alle Ordnungen des Hauses umwerfen, in das sie so kniefällig eintritt.

Plötzlich zuckte Hans Castorp geärgert und beleidigt zusammen. Eine Tür war zugefallen, es war die Tür links vorn, die gleich in die Halle führte, – jemand hatte sie zufallen lassen oder gar hinter sich ins Schloß geworfen, und das war ein Geräusch, das Hans Castorp auf den Tod nicht leiden konnte, das er von jeher gehaßt hatte. Vielleicht beruhte dieser Haß auf Erziehung, vielleicht auf angeborener Idiosynkrasie, – genug, er verabscheute das Türenwerfen und hätte jeden schlagen können, der es sich vor seinen Ohren zuschulden kommen ließ. In diesem Fall war die Tür obendrein mit Glasscheiben gefüllt, und das verstärkte den Choc: es war ein Schmettern und Klirren. Pfui, dachte Hans Castorp wütend, was ist denn das für eine verdammte Schlamperei!

Ein wunderbarer Augenblick in der Weltliteraturgeschichte des ersten Anblicks, und kaum zufällig verdanken wir ihn Thomas Mann, dem musik- und lautempfindlichen und außerdem höchst wohlerzogenen Großbürgersohn, der sich hier seinem »jungen Hans Castorp« – so nennt der Erzähler seinen »Zauberberg«-Zögling penetrant – sehr nahe und verbunden fühlen dürfte. Mit Schmettern und Klirren ist hinter Hans Castorp, unsichtbar für ihn und uns, Madame Chauchat aufgetreten, die er nun sieben lange, bange Monate stumm ergeben, nur mit Blicken lieben wird, bis zu einem überschwenglichen Geständnis in einer Karnevalsnacht etwa vierhundert Seiten später.

Ihr erster Auftritt also führt zu keinem Anblick, ist nur ein Lautschlag und vor allem ein Attentat auf des jungen Hans Castorps Nerven und Erziehung. Schlagen möchte er dieses türenschlagende, noch unsichtbare Wesen, von dem er nichts kennt, kein Alter, Geschlecht, Aussehen, nur diese Demonstration der Rücksichtslosigkeit und »verdammten Schlamperei«. Starke Emotionen gegen ein Gespenst, das Castorp und sein Leser erst gut drei Dutzend Seiten später zu Gesicht bekommen werden, unter der Kapitelüberschrift: »Natürlich, ein Frauenzimmer!«

Die Dame, die nun vor Castorps neugierigen, ja gierigen Kamerablicken durch den Speisesaal geht, »eigentümlich schlei-

chend«, also lautlos, entspricht nicht der Erwartung, paßt nicht
zu der wieder zugeworfenen Tür, um so besser zu ihrem französischen Namen, der sie ja als »warme Katze« avisiert. So
beginnen der junge Herr aus Hamburg und wir mit ihm, uns
dieses Damenwesen mit Ohren und Augen langsam zurecht-
zudefinieren, bekannter zu machen. Ist es eine Dame? »Eine
Frau, ein junges Mädchen wohl eher«, so korrigiert gleich der
erste Satz, und als der Blick schließlich haften bleibt an einer
das Haar am Hinterkopf stützenden Hand, wird der Befund
noch genauer und leicht angewidert: »Ziemlich breit und kurz-
fingrig, hatte sie etwas Primitives und Kindliches, etwas von
der Hand eines Schulmädchens; ihre Nägel wußten offenbar
nichts von Maniküre« ...

An Kamerabewegungen und Schnittechnik kann dieses Ver-
fahren erinnern, mit dem Mann/Castorp eine Frauenfigur
verfolgen, immer aufdringlicher an sie heranfahren, sie zerle-
gen in Segmente und Fragmente. Doch als Thomas Mann um
1920 diese Voyeurszene schrieb, kannte und konnte die stati-
sche Kamera solche Bewegungen noch lange nicht. Nicht aus
dem Kinosaal, sondern aus eigener Voyeurserfahrung stammt
diese Technik, die unbarmherzig und süchtig körperliche Ob-
jekte auflöst in ihre Details. Hans Castorps lange durchgehaltene Blick- und Distanzliebe ist angewiesen auf dieses gierige
Sammeln von Eindrücken, von Belegen für seine sich stumm
staunende Passion für diese warme Katze, ›chat chaud‹.

Frühmorgens, spätabends und in allen Stunden zwischendurch wird er nun denken »an ihren Mund, ihre Wangenkno-
chen, ihre Augen, deren Farbe, Form, Stellung ihm in die Seele
schnitt, ihren schlaffen Rücken, ihre Kopfhaltung, den Hals-
wirbel im Nackenausschnitt ihrer Bluse, ihre von dünnster
Gaze verklärten Arme ...«

Ich ging noch immer hinter Mrs. Haze her durch das Eßzimmer, als es plötzlich grün um uns her wurde. »Die Piazza«, sang meine Geleiterin, und ohne die geringste Warnung schwoll eine blaue Meereswelle unter meinem Herzen, und auf einer Binsenmatte in einem Sonnenteich kniete halbnackt meine Rivieraliebe, drehte sich auf den Knien zu mir her und sah mich über dunkle Brillengläser forschend an.

Es war das gleiche Kind – die gleichen zerbrechlichen, honigfarbenen Schultern, der gleiche seidige, geschmeidige nackte Rücken, der gleiche kastanienbraune Haarschopf. Ein gepunktetes schwarzes Tuch, um ihren Oberkörper geknotet, verbarg meinen alternden Gorillaaugen, nicht aber den Blicken junger Erinnerung die jugendlichen Brüste, die ich eines unsterblichen Tages liebkost hatte.

Wenn Humbert Humbert seine Lolita zum ersten Mal sieht, dieses Gör in Glanz und Glamour einer zwölfjährigen, fast noch unbewußten Laszivität, das ihn über dunkle Brillengläser forschend und noch ahnungslos in ihr Leben treten sieht, da erlebt er eine »Erscheinung«, eine Erleuchtung, Erweckung, einen Erkenntnisschock wie Flauberts Frédéric fast hundert Jahre vorher. Doch das vor allem, weil ihm dieses Kind auf einen Schlag transparent wird, weil er sie doppelt sieht, als Wiedergängerin einer Toten, des ersten Nymphchens in seinem Leben, seiner »Rivieraliebe«, einer im Unschuldsalter von dreizehn geliebten und begehrten, fast verführten und kurz darauf verstorbenen Annabel.

So geraten ihm (und uns) die Schultern, der Rücken, der Haarschopf, die Brüste paarweise in den Blick, die von damals als die von jetzt oder umgekehrt, und Nabokow und sein Humbert Humbert lassen es mit dieser Auflösung des Bilds ins Doppeldeutige nicht bewenden. Gleich werden sie beide in die eben erst einsetzende schreckliche Glücksgeschichte alte wüste Märchenmotive eilig in Klammern hineinzitieren: »Und als wäre ich die Märchenamme einer kleinen Prinzessin (verlaufen, geraubt, wiedergefunden, in Zigeunerlumpen, durch die ihre Nacktheit den König und seine Meute anlächelt), er-

kannte ich das winzige dunkelbraune Muttermal an ihrer Seite.« Bis wir, hineingedreht in diesen Erinnerungs- und Zitatenschwindel, nicht mehr sicher sind, wo wir uns nun befinden, auf der »Piazza« der Mama Haze oder an der Riviera vor vierundzwanzig Jahren oder in archaischem Märchendunkel.

»Bei einem Mörder«, so hat uns Humbert Humbert gleich auf seiner ersten Seite gewarnt, »können Sie immer mit einem extravaganten Stil rechnen«, denn er wird ja gegen Ende einen Nebenbuhler kalt und genußreich mit Kugeln vollpumpen. Doch für den mörderisch-extravaganten Stil dieser Lebensbeichte ist in erster und letzter Instanz doch Nabokow verantwortlich, und der sprüht sein schönes Kunstgift schon in diese lichte, schwüle Initiationsszene, in der sein Held und Stellvertreter die Wiederentdeckung einer Toten, die Wiederauferstehung des Urnymphchens in der Nymphe Lolita feiert und der Autor N. klammheimlich die triumphale Wiederkehr seines Nymphchenmotivs, mit dem er bisher nur Miß- oder Totgeburten zustande gebracht hatte: »Mit Ehrfurcht und Entzücken (der König weint vor Freude, es blasen die Trompeten, die Amme ist betrunken) erblickte ich wieder ihren holden eingezogenen Bauch, wo mein südwärts segelnder Mund kurz verweilte« ...

So spürt man schon am Anfang: das wird bös enden, in Schönheit, Schmutz und Hohn, in einer bis zuletzt präzis durchgehaltenen, extravaganten Mischung und Reibung der einschlägigen Stilebenen. Betören will das und schmerzen, transparent und ambivalent bleiben wie dieser erste Anblick einer Annabel-Lolita, der uns zweifeln lassen soll, ob es das überhaupt gibt, im Leben wie in Büchern, einen allerersten Anblick, oder ob nicht vielmehr alles ein Wiedererkennen und Erinnern ist.

Geständnisse

M*argarete pflückt eine Sternblume und zupft die Blätter ab, eins nach dem andern.*

⟨...⟩

FAUST Was murmelst du?

MARGARETE *(halb laut)* Er liebt mich – liebt mich nicht.

FAUST Du holdes Himmels-Angesicht!

MARGARETE *(fährt fort)* Liebt mich – Nicht – Liebt mich – Nicht –

Das letzte Blatt ausrupfend, mit holder Freude.

   Er liebt mich!

FAUST Ja, mein Kind! Laß dieses Blumenwort
   Dir Götter-Ausspruch sein. Er liebt dich!
   Verstehst du, was das heißt? Er liebt dich!

Er faßt ihre beiden Hände.

MARGARETE Mich überläuft's!

FAUST O schaudre nicht! Laß diesen Blick,
   Laß diesen Händedruck dir sagen,
   Was unaussprechlich ist:
   Sich hinzugeben ganz und eine Wonne
   Zu fühlen, die ewig sein muß!
   Ewig! – Ihr Ende würde Verzweiflung sein.
   Nein, kein Ende! Kein Ende!

Margarete drückt ihm die Hände, macht sich los und läuft weg.

Jeder Bühnentext hat es leichter, hat es schwerer als die Erzähler, die Flaubert oder Proust oder Thomas Mann, die eine Blickliebe über Monate, Jahre oder Hunderte von Seiten stumm halten können, bis sie dann endlich ausbricht in ein Geständnis. Der Theatertext muß und will sprechen, ausagieren, handeln. Faust, eben noch ein alternder, verzweifelnder Stubengelehrter, braucht nach seiner ersten Begegnung mit der Kirchgängerin Gretchen (»Mein schönes Fräulein, darf ich wagen ⟨...⟩«) ganze zehn Verszeilen, um seinen starken Eindruck kompakt in einem Monolog zusammenzuraffen. Das könnte laut gesprochen zwanzig bis dreißig Sekunden dauern (bei Grüber oder gar Marthaler entsprechend länger), und schon vernimmt der auftretende Mephisto das Resultat: »Hör, du mußt mir die Dirne schaffen!«

DIE STERNBLUME

Wieso es zu diesem landläufig ordinären Verführungs-projekt einen Teufelspakt braucht, kann auch die weltweite Faust-Deutungsindustrie kaum zureichend und überzeugend erklären. Klar ist nur: Teuflisch schnell soll alles vollzogen werden, so will es der dramatische Druck der Szene und der sexuelle im Protagonisten. Doch dann lassen der Druck und Drang im Stück wie in Faust nach, und beide treiben durch ein paar schöne Szenen, bevor endlich Gretchen mit ihrem Ab-zählspiel das Geständnis in Worten provoziert.

Eine Blume läßt sie aussprechen, was sie erhofft und was ihr nun Faust durch die Blume seiner Rhetorik bestätigt: »Er liebt dich!« Woran bemerkenswert ist, daß trotz großer Emphase die erste Person Einzahl, das »Ich«, zum Bekenntnis vermieden wird. Um so schwungvoller, als eine Beschreibung der Liebe an und für sich statt dieser einen bestimmten jetzt und hier, gerät Faust die folgende Werbung für Hingabe und Wonne auf ewig.

»Sieh dir die Liebenden an, / Wenn erst das Bekennen be-gann, / Wie bald sie lügen«, so läßt Rilke eine Frauenstimme im »Malte Laurids Brigge« singen. Der »Faust«-Text verrät Gründe für dieses Mißtrauen und zeigt auch die Folgen. Je vollmundiger, pathetischer und kunstreicher sich einer be-kennt, desto weniger vertrauenswürdig scheint er. Die wahre Liebe nämlich, das meint die Literatur aus dem Leben zu wis-sen, die schweigt, die zittert nur, erbleicht, errötet, die findet in der Sprache kein Medium für ein Gefühl, das unvergleichlich und persönlich sein will und sich also Wort für Wort nur ver-raten kann ans und ins Allgemeine.

Das weiß Gretchen, wenn sie es einer Blume überläßt – mit dem Risiko, nicht das Gewünschte zu erfahren –, das auszu-sprechen, was sie hören will. Das weiß sogar der wortgewaltige Faust, wenn er vorübergehend einem Blick und Händedruck das ja »unaussprechliche« Bekenntnis überläßt. Händedruck und Händegegendruck, diese sprachlosen Gesten scheinen am Ende endlich eine von Worten unentstellte, eine wahre Liebe zu besiegeln. Aber wie zweideutig der Szenenschluß, wenn Gret-chen den Händedruck auflöst und sich entzieht und der Mann der »Dirne« nachrennt – vorher »einen Augenblick in Gedan-ken«: die Verführung, mit und ohne Worte, scheint gelungen.

Der Graf vom Strahl faßt die Hand der Schlafenden.

KÄTHCHEN Mein hoher Herr!

DER GRAF VOM STRAHL   Du bist mir wohl recht gut.

KÄTHCHEN Gewiß! Von Herzen.

DER GRAF VOM STRAHL   Aber *ich* – was meinst du?
Ich nicht.

KÄTHCHEN *(lächelnd)*
                                O Schelm!

DER GRAF VOM STRAHL
                        Was, Schelm! Ich hoff –?

KÄTHCHEN   O geh! –
Verliebt ja, wie ein Käfer, bist du mir.

DER GRAF VOM STRAHL
Ein Käfer! Was! Ich glaub du bist –?

KÄTHCHEN   Was sagst du?

DER GRAF VOM STRAHL *(mit einem Seufzer)*
Ihr Glaub ist, wie ein Turm, so fest gegründet! –
Seis! Ich ergebe mich darin. – Doch, Käthchen,
Wenns ist, wie du mir sagst –

KÄTHCHEN   Nun? Was beliebt?

DER GRAF VOM STRAHL
Was, sprich, was soll draus werden?

KÄTHCHEN   Was draus soll werden?

DER GRAF VOM STRAHL
Ja! hast dus schon bedacht?

KÄTHCHEN   Je, nun.

DER GRAF VOM STRAHL   – Was heißt das?

KÄTHCHEN Zu Ostern, übers Jahr, wirst du mich heuern.

*Schlafend, wie in Hypnose, liegt Käthchen unterm Holunder-
strauch vor ihrem Grafen vom Strahl und gibt ihm Antwort
auf seine Fragen, ein Traumtext, eine Wahrsagung, doch als
Geständnis kaum eine Überraschung. Denn daß sie ihm »von
Herzen gut« ist, weiß er zur Genüge, seit sie ihm »einem
Hunde gleich« nachgelaufen ist, von keinen Fußtritten oder
durch Androhung von Peitschenhieben zu vertreiben. Und
auch, daß ihr Glaube an seine Gegenliebe »wie ein Turm, so*

IN HYPNOSE

fest gegründet« ist, konnte er ahnen. Er, so hat sie ihm von An-
fang an gesagt, müßte doch wissen, warum sie ihm nachlaufe.
Aber sie, so hat sie auch behauptet, sie wisse das nicht. Genau
dieses doppelt unbewußte »Wissen« will der Graf nun wie ein
Hypnotiseur aus der Schlafenden herausfragen.

Mit Erfolg. Doch zunächst, bevor Käthchen ins Erzählen
gerät, will Kleists Text die träumerische Atmosphäre dieses
Verhörs beschwören, die murmelnde Stimme des Mädchens,
seine Schlaftrunkenheit, die sich offenbart im Nachfragen, in
der plötzlichen Unbefangenheit gegenüber dem »Schelm«,
dem verliebten »Käfer«, dazu die kurzen cholerischen Reak-
tionen des Grafen. Die beiden sind, da eines nur unbewußt
mitspricht, zum ersten Mal vertraut in einen Dialog geraten.
Aber nur die Schlafende weiß traumwandlerisch sicher, wie es
steht zwischen ihnen, daß es mit »Heuern«, also Heirat gut
ausgehen wird, um dann zu offenbaren, was sie nachher nicht
mehr wissen wird, wie es nämlich kam zu dieser magneti-
schen, unwiderstehlichen Liebe.

Im Schlaf wird nun der alles auslösende Wahrtraum er-
zählt, der Käthchen in einer Silvesternacht die Heirat mit
einem »großen, schönen Ritter« prophezeit hat, eben diesem
Grafen vom Strahl, der sich nun erinnert, daß er in der glei-
chen Nacht, im komplementären Traum ein Mädchen, eben
dieses Käthchen heimgesucht hat. »Wie zwei Hälften eines
Ringes, passend« nennt er das, doch wird er diese Entdeckung
bis in die letzten Minuten des Stückes vor der im Zwillings-
traum vorherbestimmten Braut verbergen. Sie soll weiter
träumen, er wird handeln, nämlich vor der höchsten weltli-
chen Instanz, vor dem Kaiser sein Recht auf dieses Mädchen
erstreiten, das mit Märchenlogik auch noch als eine uneheli-
che Kaisertochter entdeckt wird.

So gesehen, vom Fortgang der Geschichte her, geht ein Riß
durch das träumerische Zwiegespräch des Paars. Sie hat ihm,
unbewußt, alles verraten, aber das behält er, hochbewußt, für
sich. Was er sich offenbar für die kindliche Braut ausdenkt, ist
eine »schöne Überraschung«, im zwielichtigen Sinn. Was Wun-
der, daß sie unter den hochzeitlichen Heilrufen zurücksinkt in
ihren produktivsten Zustand, in eine Ohnmacht.

TRISTAN Vergessens güt'ger Trank
Dich trink ich sonder Wank.
(Er setzt an und trinkt.)
ISOLDE Betrug auch hier?
Mein die Hälfte!
(Sie entwindet ihm den Becher.)
Verräter, ich trink' sie dir!
Sie trinkt. Dann wirft sie die Schale fort. – Beide, von Schauer
erfaßt, blicken sich mit höchster Aufregung, doch mit starrer
Haltung unverwandt in die Augen, in deren Ausdruck der To-
destrotz bald der Liebesglut weicht. – Zittern ergreift sie. Sie
fassen sich krampfhaft ans Herz – und führen die Hand wieder
an die Stirn. – Dann suchen sie sich wieder mit dem Blicke,
senken ihn verwirrt und heften ihn von neuem mit steigender
Sehnsucht aufeinander.
ISOLDE *(mit bebender Stimme)* Tristan!
TRISTAN *(überströmend)* Isolde!
ISOLDE *(an seine Brust sinkend)* Treuloser Holder!
TRISTAN *(er umfaßt sie mit Glut)* Seligste Frau!

Wenn in Wagners redseliger Ton- und Wortwelt einmal das
Schweigen ausbricht, das »tönende Schweigen«, wie der Mei-
ster feierlich erklärt, dann lohnt es sich, genau hinzuhören
und hinzusehen. Am Ende des ersten »Tristan«-Akts ist es
wieder einmal soweit: Die Sänger verstummen, und nach
einem letzten Lärmschlag – die Schale mit dem Todes- oder
Liebestrank schlägt auf den Bühnenboden – schweigt für eine
kurze, bange Weile auch das Orchester. Im Textbuch muß der
Meister nun leider doch das Wort ergreifen, um das tönende
Schweigen reden zu lassen, um zu erklären, was mit und in
Tristan und Isolde geschieht, die beide meinen, tödliches Gift
im Leibe zu haben, das aber in Wahrheit ein Liebeselixier ist.
Leider schreibt Wagner den ergriffenen Körpern und (noch)
schweigenden Seelen, während das Orchester mit süchtig sich
steigernden Tristan-Motiven wieder einsetzt, ein ebenso hoch-
pathetisches wie hochkonventionelles Ausdrucks- und Gebär-
denspiel vor. Uns mag das lächerlich erinnern an Bärenfell,

Pappfichten und Germanenwaden, an den Aufführungsstil einer fernen Zeit. Doch dann übersehen wir, mit welcher Radikalität und Kühnheit hier der Geständnisaugenblick einer ganz und gar verbotenen Liebe inszeniert wird. Denn verboten sind sich diese beiden nach allen Regeln ihrer Welt, sie ihm als Braut seines Königs, Oheims und Lehnsherrn, er ihr als Mörder ihres ersten Verlobten. Diese Liebe, die sich beide bis zu diesem Augenblick, in langen Gesängen einander umschreitend wie hohe, feierliche Raubtiere, finster verborgen haben, ist in ihrer Welt unmöglich, der vollkommene Skandal, kann sich nur offenbaren in einem irdischen Jenseits.

Genau diesen Unort meinen die beiden im Augenblick des tönenden Schweigens erreicht zu haben. Gift hätten sie getrunken, so glauben sie, während es doch eine Liebesdroge war. So führt ein illusionäres Selbstmordritual, im Schutz einer scheinbar jenseitigen Welt, zur Liebesoffenbarung.

»So ist das Leben!«, soll eine alte Dame, wie Wolfgang Hildesheimer berichtet, seiner Mutter nach einer »Tristan«-Aufführung zugeseufzt haben. Vielleicht hatte sie eben doch recht. Wagners Pathetik, immer unverschämt, mit dem vollen Risiko erhabenen Kitsches, ballt eine Erfahrung zusammen, die jede Liebe kennt, die diesen Namen noch verdient: Immer wieder meinen da zwei, in einem Jenseits zur üblichen Welt aufgewacht zu sein. Wo es den Ergriffenen die Sprache verschlägt, wo nur noch die Körper reden.

Tristan und Isolde, als würden sie sich zum ersten Mal erkennen, bekennen sich nach dem langen Gebärdenspiel zueinander nur mit dem Ausruf und Anruf ihrer Namen. Liest man, was Wagner ihnen danach an Worten zugedichtet hat – »Treuloser Holder! Seligste Frau!«, und alles, was dann noch aus ihnen rausrauscht –, wünscht man fast, sie hätten länger geschwiegen. Doch die Schlußformel ihres Jauchzgesangs faßt bündig ihr radikal romantisches Liebesprogramm zusammen: »Welten-entronnen du mir gewonnen!«

Und ich werde die Erinnerung an Sie auch für immer mit mir nehmen.«

»Für einen Merinoschafbock« ⟨rief der Vorsitzende⟩.

»Aber Sie werden mich vergessen, ich werde nur wie ein Schatten für Sie sein, der einmal an Ihnen vorbeigehuscht ist.«

»Herrn Belot aus Notre-Dame . . .«

»Aber nein, nicht wahr, ich werde nicht ganz nur ein Nichts sein in Ihrer Erinnerung, in Ihrem Leben?«

»Für Schweinezucht geteilten Preis: je sechzig Francs für die Herren Lehérissé und Cullembourg!«

Rodolphe drückte ihre Hand, und er fühlte, daß sie ganz warm war und zitterte wie eine gefangene Taube, die fortfliegen möchte. Sei es nun, daß sie die Hand befreien oder den Druck wirklich erwidern wollte, sie machte eine Bewegung mit den Fingern, und er rief aus: »Oh, ich danke Ihnen! Sie stoßen mich nicht zurück! Sie sind gut! Sie fühlen, daß ich Ihnen ganz gehöre! Erlauben Sie, daß ich Sie anschauen, Sie betrachten darf!«

Genau in Wagners »Tristan«-Zeit schreibt Flaubert seine »Madame Bovary« und liefert mit ihr, aber das konnte Flaubert nicht wissen, den perfekten Gegengesang zum Ekstasejubel des Musikdramas, perfekt, perfid bis zum Liebestod der Isolde Bovary in Arsenikkrämpfen. Auch die berühmt-berüchtigte Szene, in der Rodolphe Boulanger, erfolgreicher und erfahrener Frauenheld, mit seinem Geständnis den Widerstand der Landarztgattin Bovary bricht, während sie von einer Tribüne auf den provinziellen Trubel einer Landwirtschaftsausstellung blicken, sie kann gelesen werden als Gegenstück zur feierlichen Liebesoffenbarung am Ende des ersten »Tristan«-Aktes: draußen, weit weg die Welt, auf einer Insel, wie in einem Jenseits, das sich einigende Paar.

Tatsächlich hat Boulanger getreu der Tristan-Formel »Welten-entronnen mir gewonnen« mit seiner Werbung angesetzt, um Emmas kleinbürgerliche Bedenken auszuräumen, hat ihr die Welt gespalten in zwei, in eine, in der Pflichten gelten, kleinliche Moral, gut für die »Niederungen des Alltags« —

»Immerhin, ... immerhin«, hat Madame Bovary dazwischengestammelt, schon zappelnd wie später ihre Hand als Taube –, und hat dagegen eine höhere Welthälfte entworfen, in der nur gefühlt, geliebt wird, im Zeichen einer höheren Moral der Schönheit, ewig »wie die Landschaft, die uns umgibt, und der blaue Himmel, der uns leuchtet«.

Flauberts Prosa tut weiter nichts als hinhören, um diese Suada ironisch zu brechen und zu ölen. Er sieht, statt Himmel und großer Landschaft, die Rituale der Landwirtschaftsmesse, hört deren Honoratioren reden, blendet ihre öde Rhetorik in die ölige Boulangers und in die Endphase seiner Suada die Preisverteilung für vorbildliche Düngung, Schweinemast, Flachsanbau und einen Merinoschafbock. Zwei Sprachen werden montiert, degradiert zu einer, bedienen feierlich falsche, handgreifliche Interessen. Dem Bauern werden Bock und Schwein prämiert, dem Weiberhelden wird die Turteltaube zufallen.

Bis am Ende auch Boulangers werbende Arie verstummt und beiden wieder die Worte fehlen: »Sie sahen sich an. Ihre trockenen Lippen zitterten in höchstem Verlangen, und weich, ganz von selbst verschlangen sich ihre Finger.« Nun endlich spricht, was einzig wahr ist zwischen Rodolphe und Emma, die Gier ihrer Körper. Durchaus nicht »Welten-entronnen« haben sie sich gewonnen.

Und wo steckt, wenn nicht souverän außerhalb von allem, der Autor Flaubert? »Madame Bovary, c'est moi« – soweit war er geständig, dem Sirenengesang romantischer Verführung so hörig zu sein wie sie. Daß er sich auch verbirgt in Boulanger, dem Simulator der falschen Töne, wäre die zweite Hälfte der Wahrheit.

Das Wort »Eheleute«, das der Geistliche zuletzt ausgesprochen, klang gleichsam noch in der Luft, da niemand sprach; denn auch Dortchen saß schweigend da, die Hand auf den Kopf des Hundes gelegt, der mit seinem Schmause auch fertig war. Das verfängliche Wort klang aber nicht mit seinem Zusammenhange nach, sondern erweckte mir die Vorstellung von zwei Leutchen, die glücklich in häuslicher Abgeschlossenheit am Tische sich gegenüber sitzen. Es war, als ob das weiße Rund sich mit Bildern des Glückes belebte, und es ergriff mich ein tiefes Leiden um Dortchen, da es mir beim Himmel nicht möglich schien, daß sie anders als an meiner Seite glücklich und zufrieden alt werden könne. Mit einem Seufzer richtete ich die feucht werdenden Augen auf und sah erschrocken, wie Dortchens Augen mit Teilnahme auf mir zu ruhen schienen, während den geschlossenen Lippen ein weicher, nicht unfreundlicher Ernst den schönsten Ausdruck gab und das Haupt nachdenklich sich leicht seitwärts neigte.

Schöner kann man es kaum richten für seinen Helden als Gottfried Keller für seinen grünen Heinrich kurz vor dem Ende seines langen Romans. Da trampt sein Protagonist und Ebenbild, gescheitert als Künstler, mittellos, ratlos durch das südliche Deutschland in Richtung Schweizer Heimat, zurück zur Mutter. Und plötzlich scheint sich der realistische Roman zu verwandeln in eine späte Eichendorff-Novelle: ein Schloß mit Graf und einer ebenso schönen wie klugen Findelkindtochter nehmen den armen Gast auf. Der Graf läßt als Mäzen und Gönner Gulden regnen auf Heinrich Lee, dazu kommt eine unverhoffte Erbschaft. Nun fehlt zum Geld nur noch das Glück, und dafür stünde überdeutlich, schon durch ihren Namen dazu auserwählt, das reizende Dortchen Schönfund bereit. Sie bekehrt Heinrich zur Abkehr vom Christentum, zu einer gottlosen Weltfrömmigkeit und fast auch zu sich selbst: »Hoffnung hintergehet zwar, aber nur, was wankelmütig ⟨...⟩«, diese werbenden Verse läßt sie ihm kurz vor dem Abschied noch zukommen.

Alle, auch der Leser, warten auf die erlösende Liebeser-

klärung des so märchenhaft Beschenkten. Aber Heinrich, der sich wider besseres Wissen einbildet, er wäre zum ersten Mal im Leben dieser »Teufelei«, der Liebe verfallen, seufzt nur die Geliebte und die Landschaft an, schluchzt in Kissen, zaudert und zweifelt und kriegt nicht den Mund auf. Alle Psychologie, die Keller für diese Hemmung aufbietet, will nicht recht überzeugen. Fühlt Heinrich sich dieser Frau unterlegen, fürchtet er eine Absage, traut er nicht der »Teufelei«, seiner Liebesverblendung? Oder wäre er der Nähe in einer Ehe nicht gewachsen?

Lauter falsche Fragen und Fährten. Keller hat mit seinem Helden etwas anderes vor, hat den schönen Frauenfund, der den jähen Glückssegen für den Gescheiterten erst vollkommen machen könnte, in sein Romanende nur eingebaut als ein täuschendes, retardierendes Moment. Denn Lee soll, muß weiter, nach Zürich, zu seiner in der ersten Fassung schon toten, in der viel späteren Überarbeitung des Romans gerade sterbenden Mutter, er soll und muß für sein Versagen gegenüber dieser Frau abgestraft werden. Dieses Programm wird im Romantext von 1855 noch rigoros durchgehalten. Heinrich schreibt zwar noch einen Hilferuf an Dortchens Grafenvater, doch zu spät, denn »sein Leib und Leben brach und er starb in wenigen Tagen. Seine Leiche hielt jenes Zettelchen von Dortchen fest in der Hand, worauf das Liedchen von der Hoffnung geschrieben war«.

Fünfundzwanzig Jahre später verfährt Keller milder mit sich und Heinrich. Dortchen Schönfund zwar entgeht dem grünen Jungen wegen seiner Geständnisfeigheit auch in der späten Fassung, aber es wird ihm ein herrlicher Trost gegönnt: die aus Amerika und nur für ihn zurückgekehrte Jugendliebe Judith. Ihr kann er alles gestehen, genau wie sie ihm. Doch das wohl nur, weil sie ihn frei läßt, nicht geheiratet werden will. Sie dient ihm als Mutter, Schwester, Geliebte in Personalunion. So stellt sich Keller offenbar das irdische Paradies vor, auch als Zustand behaglicher Resignation.

Und in dieser Sekunde geschah es, daß Tadzio lächelte: ihn anlächelte, sprechend, vertraut, liebreizend und unverhohlen, mit Lippen, die sich im Lächeln erst langsam öffneten. Es war das Lächeln des Narziß, der sich über das spiegelnde Wasser neigt, jenes tiefe, bezauberte, hingezogene Lächeln, mit dem er nach dem Widerscheine der eigenen Schönheit die Arme streckt ⟨...⟩

Der, welcher dies Lächeln empfangen, enteilte damit wie mit einem verhängnisvollen Geschenk. Er war so sehr erschüttert, daß er das Licht der Terrasse, des Vorgartens zu fliehen gezwungen war und mit hastigen Schritten das Dunkel des rückwärtigen Parks suchte. Sonderbar entrüstete und zärtliche Vermahnungen entrangen sich ihm: »Du darfst so nicht lächeln! Höre, man darf so niemandem lächeln!« Er warf sich auf eine Bank, er atmete außer sich den nächtlichen Duft der Pflanzen. Und zurückgelehnt, mit hängenden Armen, überwältigt und mehrfach von Schauern überlaufen, flüsterte er die stehende Formel der Sehnsucht, – unmöglich hier, absurd, verworfen, lächerlich und heilig doch, ehrwürdig auch hier noch: »Ich liebe Dich!«

Für Thomas Mann, den geduldigen Erzähler von lauter stummen, geständnislosen, sich über Wochen, Monate, Jahre dahinquälenden Blicklieben, ist das endlich hervorbrechende Geständnis immer beides: Triumph und Kapitulation. Selbst hier, wenn Gustav Aschenbach nur sich selbst die »verworfene« Passion für den schönen polnischen Knaben Tadzio endlich eingesteht. Kapitulation und Blamage, und das zweifach. Er, der Meister zuchtvoller Prosa, der Werk um Werk aller »Sympathie mit dem Abgrund« seine Absage erteilt hat, läßt sich nun fallen in den Abgrund der Dekadenz, und in diesem Katastrophenaugenblick will ihm nichts über die Lippen kommen als die landläufigste Subjekt-Prädikat-Objekt-Formel: »Ich liebe dich!«

»Lächerlich« fürwahr und »heilig« doch. Denn alle Wortkunst will und soll versagen im Augenblick des Geständnisses, das sich gerade dadurch beglaubigt als überwältigend, als au-

thentisch und wahr – so verkündet die Literatur seit eh und je. »I were but little happy, if I could say how much« – »Ich wär' nur wenig glücklich, könnt' ich sagen, wie sehr ich's bin«, läßt Shakespeare einen Jungen formulieren, der in aller Öffentlichkeit sein Liebesglück in Worte fassen soll. Sie könne ihr Herz nicht auf die Zunge heben, klagt Lears jüngste Tochter, als sie ihre Liebe zum Vater kunstvoll verkünden soll, was ihren falschen Schwestern ganz mühelos gelingt.

Wenn Aschenbach schließlich im Liegestuhl am Lido sterbend dahindämmert, hat es ihm längst alle Sprache verschlagen, blickt er nur noch wortlos glücklich über die unendliche Wasserfläche, in der sein schöner Verführer Tadzio steht und hinauslockt ins »Verheißungsvoll-Ungeheure«. Ein schönerer Tod als der des »kleinen Herrn Friedemann«, des kläglichen Vorläufers von Aschenbach, der sich ins Wasser, ins Travewasser, plumpsen läßt, nachdem er seiner Domina Gerda von Rinnlingen endlich, mehr stammelnd als artikulierend, seine aussichtslose Liebe gestanden hat.

Peinlich bleibt für Thomas Manns Liebesopfer das Geständnis immer. Mut-em-Enet wird sich vor Scham die Zunge abbeißen, bevor sie im dritten Jahr ihrer Passion dem schönen Sklaven Joseph ihr nun notgedrungen verstümmeltes »Slafe bei mir!« zulispelt. Worauf dann freilich aus ihr ein Geständnisschwall herausstürzt, der an Rücksichtslosigkeit, Koketterie und auch Länge noch den von Hans Castorp am Ende des ersten Zauberberg-Bandes übertrifft. Dieser listige Junge, endlich in einer Karnevalsnacht auf den Knien vor seiner warmen Katze Chauchat, rettet sich gestehend ins Französische und in eine Liebes-Leib-Tod-Philosophie, um der Geliebten alles zu verraten und doch nichts: denn französisch sprechen, so spricht er französisch, das wäre so gut wie gar nicht sprechen, nämlich ohne alle Verantwortung, wie im Traum.

Qual der Wahl

ALCESTE Mein Gott! Warum muß ich Sie lieben?!
Geläng' es mir, mein Herz von Ihnen abzuwenden,
Dann würde ich zum Himmel froh Dankgebete senden,
Ich leugne es ja nicht, mit aller meiner Kraft
Bekämpf' ich das Gefühl, die Glut, die Leidenschaft,
Doch müh' ich mich vergebens – mein Herz muß sich ent-
zünden –
Gott straft mich durch die Liebe für alle meine Sünden.
CÉLIMÈNE Ich muß gestehen: Noch nie erlebt' ich solches Feuer.
ALCESTE Wann liebte je ein Mann so heiß, so ungeheuer?!
Wann gab es eine Liebe, die meiner Liebe glich,
Wann liebte je ein Mann so grenzenlos wie ich?!
CÉLIMÈNE Und die Methoden, die Sie zu Ihrer Liebe wählen,
Sind gleichfalls unerhört: Sie lieben, um zu quälen.

*Würde in Liebesgeschichten immer nur die oder der eine und
damit die oder der einzige und endgültig Richtige gewählt,
dann gäbe es wenig und vor allem wenig Spannendes zu erzählen. Aber die »Qual der Wahl« bedeutet oft genug die Wahl
einer Qual: Gewählt wird dann der oder die garantiert »richtig
Falsche«, so anziehend wie unausstehlich. Ein in solche Para-
doxie hineinverhextes Paar wird für jeden Zuschauer zum
herzzerreißend komischen Fall. Komisch und nervend auch,
weil das Paar in einen Kreislauf der immer gleichen, ratlos ver-
zweifelten Szenen hineingerät.*

*Der Kopf begreift nicht, was die Sinne gewählt haben. Dafür
stellt der »Misanthrope« von Molière ein großes, frühes Beispiel. Das Stück zeigt nicht, wie diese beiden richtig Falschen,
der Tugendfanatiker Alceste und die kokett flirrende Salon-
königin Célimène, zueinander gefunden haben. Im zweiten
Akt erst stürzen sie auf die Bühne und gleich in hellem Streit.
Vier Akte lang wird dieses Liebespaar nun noch aneinander
leiden, doch gleich bei seinem ersten Auftritt erwägt es: die
Trennung. Aber nichts scheint die beiden mehr zu beflügeln als
eben die ständigen Differenzen und das immer wieder versuchte Abenteuer der Versöhnung.*

Warum muß er sie lieben, die in Glanz und Spiel all das ver-

körpert, was er verachtet, die Maskenkultur der feudalen Salons? Warum bleibt sie an ihn gebannt, der sie unermüdlich quält als Musterobjekt seiner Zivilisationskritik? Mindestens Alceste weiß darauf immer wieder eine Antwort, die ihm Molière aus der reichen Tradition der Liebesverzweiflung zugeschrieben hat. Nur wer absurd liebt, so heißt deren Losung, der liebt unausrottbar tief und authentisch, da rücksichtslos gegen sich selbst, der darf sich fühlen als ein Opfer, ein Märtyrer der Liebe, die eben höher ist als alle Vernunft.

Molière, der seine üblichen Helden, Tartuffe, den eingebildeten Kranken oder Bürger als Edelmann, erbarmungslos dem Gelächter des Publikums ausliefert und am Ende genußvoll abstraft, verhält sich auffallend ambivalent zu seinem Alceste. Was die Komödie immer wieder an den Rand des Tragischen treibt und den Verdacht nahegelegt hat, der Autor verhandele hier seinen eigenen Fall, das Glück und Unglück seiner Ehe mit einer viel zu jungen und gefährlich kokettierenden Schauspielerin.

Es ist eine alte Geschichte und immer wieder unverwüstlich aktuell, wie die bewegte Aufführungsgeschichte des Stücks zeigt, die immer neue Stellungnahmen zu dem traurigen Helden provoziert hat. Denn Molière weiß bis zuletzt keine endgültige. Nach einem mißglückten Heiratsantrag läßt er Alceste von der Bühne, aus dem Stück stürzen, die Freunde ihm hinterher. Sie werden ihn, kein Zweifel, zurückholen, ins Stück und seine Rolle, in das Perpetuum mobile seiner herzzerreißenden, kopfzerbrechenden Liebe. Weiter wird er wüten gegen die Falschheit der Welt, die er in Célimène doch liebt.

Hat er überhaupt gewählt? O nein, er ist gewählt, auserwählt worden, zum Leiden. Sobald ihm das einleuchtet, fühlt er sich wieder wütend wohl in seiner Rolle.

Marianne Dashwood war ausersehen für ein außerordentliches Schicksal. Sie war dazu ausersehen, die Falschheit ihrer Überzeugungen zu entdecken und mit ihrem Verhalten gegen ihre liebsten Vorsätze zu verstoßen. Sie war dazu ausersehen, eine Neigung, die sie im reifen Alter von siebzehn erfaßt hatte, zu überwinden und mit keinem höheren Gefühl als Achtung und tiefempfundener Freundschaft ihre Hand freiwillig einem anderen zu geben! – und diesen anderen ⟨...⟩ hatte sie noch vor zwei Jahren für viel zu alt für eine Ehe gehalten, und er trug immer noch als Haltungsstütze eine Weste aus Flanell!

Doch das alles geschah. Statt Opfer unwiderstehlicher Leidenschaft zu werden, wie sie sich vorher geschmeichelt hatte ⟨...⟩, begann sie mit neunzehn neue Bindungen einzugehen und nahm neue Pflichten auf sich, in ihrem neuen Haus, in ihrer Ehe, in ihrer Familie, in ihrem Dorf.

Und da Marianne nie mit halbem Herzen lieben konnte, war ihr ganzes bald ihrem Ehemann so ergeben wie es ehedem Mr. Willoughby gewesen war.

Ende gut, alles gut. Doch eigentlich ist es nicht Jane Austens Art und Drang, sich predigend zwischen ihrer Figurenwelt und ihren Lesern zu postieren, um letzteren die Moral einer Geschichte zu verkünden. Hier allerdings, am Schluß von »Sense and Sensibility« konnte sie offenbar nicht widerstehen: Gar zu erfolgreich war die Erziehungs- und Entziehungskur, der sie ihre Marianne Dashwood unterworfen hat. Sense, die lebenspraktische Vernunft, hat sich endlich durchgesetzt gegen eine allzu gefühlige sensibility. Noch genauer: Britischer sense gegen eine französisch-kontinentale Liebessentimentalität – denn nicht absichtslos hat Austen ihr Opfer Marianne genannt.

Willoughby also hieß der allzu gewinnende Schurke in dieser Bekehrungskomödie. Ihn, den garantiert Falschen, hatte sich Marianne blind und verblendet erwählt, als er die auf einem Spaziergang Gestrauchelte und Verstauchte vom Boden aufhob und ins Haus der Mutter und Schwester trug, wie ein herrlicher Jäger sein wundes Wild. Doch leider versagt der Charmeur und Sportsmann auf einem Feld, auf dem Jane Austen keinen Humor versteht: Er ist nicht aufrichtig, was seine Vermögens- und Erbaussichten angeht. Kein Glück, bei Jane Austen, ohne sichere ökonomische Grundlage. Die beschert der Roman der Geheilten schließlich durch die Heirat mit einem wohlhabenden, wenn auch etwas älteren Herrn. Da muß die Schwärmerin ein biederes, doch die Hüfte stützendes Flanellwestchen schon in Kauf nehmen.

So feierlich also das Schlußkommuniqué klingt, so deutlich ist es unterfüttert mit Ironie. Ohne geduldigen Humor wäre dem Roman sein Aufklärungsstück und die Heilung der französischen Krankheit, dieser sanfte Exorzismus auch kaum gelungen. So darf die Heldin, statt nur vernünftig ein solides Glück zu wählen, schließlich ihr ganzes Herz auch in ihre Ehe werfen. Vom Wahn befreit, soll sie sich ihre liebenswürdige sensibility doch erhalten.

Ende gut, alles gut. Kaum bei Kleist, der im gleichen Jahre 1809, in dem »Sense and Sensibility« erscheint, sein Käthchen von Heilbronn dem Grafen vom Strahl nachlaufen läßt wie ein läufiges Hündchen, das sich auch von des Grafen Peitsche nicht irritieren läßt. So falsch die Wahl auch scheint, diese beiden müssen zusammenkommen, sind sie sich doch in einem doppelten Traum zubestimmt. Auch die lästige Standesschranke zwischen dem Bürgermädchen und dem mittellosen Adelsherrn räumt Kleist mit romantischer Märchenlogik aus dem Wege, wenn Käthchen schließlich entdeckt wird als illegitime Kaisertochter.

Also endet alles in Glanz und Glück eines Hochzeitsbildes, mit Schleppe, Pagen, heilrufendem Volk. Doch dann sinkt, leider, die Braut aus dem Bild und in Ohnmacht. Vor Glück, vor Schreck? Ende gut, alles offen. Wie er sich die Zukunft dieses grundfalschen, goldrichtigen Paares vorstellt, das bleibt plötzlich dem betroffenen Leser, Zuschauer überlassen.

Ich behaupte: ein kluger und wahrhaft gebildeter Mann kann erst recht ein Weib heiraten und ihr gut sein, ohne zu sehen, wo sie herkommt und was sie ist; das Gebiet seiner Wahl umfaßt alle Stände und Lebensarten, alle Temperamente und Einrichtungen, nur über eines kann er nicht hinauskommen, ohne zu fehlen: das Gesicht muß ihm gefallen und hernach abermals gefallen. Dann aber ist er der Sache Meister und er kann aus ihr machen, was er will!«

»Dem Anscheine nach haben Sie immer noch nichts Außerordentliches gesagt«, versetzte Lucia; »doch fange ich an zu merken, daß es sich um gewisse kennerhafte Sachlichkeiten handelt; das gefallende Gesicht wird zum Merkmal des Käufers, der auf den Sklavenmarkt geht und die Veredlungsfähigkeit der Ware prüft, oder ist's nicht so?«

Gottfried Keller ist wie kaum ein anderer Erzähler gebannt vom Thema der Liebeswahl, der falschen wie – für ihn wohl noch rätselhafter – der geglückten, und erst recht vom fehlenden Wahlentschluß, dem von Buridans Esel her bekannten Verhungern zwischen zwei Heuhaufen. Im Geschichtenzyklus »Das Sinngedicht« wird das Thema durchgespielt wie in einem vielteiligen Experiment. Zunächst von dem jungen Naturforscher Reinhart, der das Logausche Sinngedicht – »Wie willst du weiße Lilien zu roten Rosen machen? / Küß eine weiße Galatee: sie wird errötend lachen« – an jungen Frauen ausprobiert und dabei zweimal exemplarisch scheitert: entweder wird nur gelacht oder nur errötet. So mißlingt das schöne Paradox, in dem Sinnlichkeit und Sitte sich miteinander versöhnen sollen, für Keller wie für Reinhart offenbar das Indiz für die gute Wahl einer richtigen Frau.

Aber dann gerät der Natur- und Kußforscher mit seinem Projekt an das Schloßfräulein Lucia, ein Mädchen mit äußerst beweglichem und selbstbewußtem Geist, wie Keller sie bewundernd liebte. Sie bietet sich als Probandin nicht mehr an, sondern liefert ihrem Gast ein sich über Tage hinziehendes Geschichten-Duell, in dem Kellers Wahlforschung immer neue Exempel präsentiert. Was entscheidet die richtige Wahl, fra-

gen die Erzähler und ihre Erzählungen, was verursacht die falsche? Ist es wirklich, wie Reinhart behauptet, die Entscheidung für ein schönes, einleuchtendes und angenehmes Gesicht und spielen dann alle Unterschiede des Standes, der Bildung, der Zivilisation keine Rolle mehr? Heißt das, wie die Amateurgelehrte Lucia wittert, für weibliche Natur schwärmen, um sie dann als »edler Gärtner« zu veredeln? Wird damit nicht ihre, Lucias, Autodidaktenbildung verachtet? »Warum treiben Sie alle diese Dinge?« hat der Naturforscher gefragt, als er ihren gewaltigen Studiersaal besichtigte. Und auf diese Frage ist die kluge Lucia, Lucie oder Lux, obwohl ungeküßt, errötet.

Zum Lachen findet sie diese Frage offenbar nicht. Mit Küssen allein, mit dieser Probe auf das Verhältnis von Sitte und Sinnlichkeit ist also zwischen diesen beiden nichts zu entscheiden. Ihr Duell mit Geschichten ist auch ein Kampf zwischen weiblichen und männlichen Positionen, zwischen einem Naturforscher und einer Frau, die sich schon davon emanzipiert hat, nur noch Natur, weibliche Natur zu sein. Da nun mit Erzählexempeln und ihrer erbittert umkämpften Auslegung nichts mehr zu erreichen ist, setzt Keller zum Abschluß ein kräftiges poetisches Symbol ein, um die beiden Kombattanten zu einer eigenen Wahlentscheidung zu zwingen: eine Schlange schickt er ihnen über den Weg, eine von einem starken Krebs gewürgte Schlange. Gemeinsam befreien sie das Tier aus der tödlichen Umklammerung, und eine Weile begleitet die dankbare Schlange das Paar noch wie ein Talisman. »Ach, von dieser schönen Schlange wünschte ich zu träumen ...!« ruft Lucia – vielleicht schon ein Satz zuviel. Denn man muß kein Traumforscher und kein Freud sein, um die Funktion dieser Traumfigur zu erraten. Und auch, warum die beiden nun froh sind, sich küssen zu können, wobei Lucia, Lux, Lucie, diese weibliche Trinität, endlich errötend lachen darf und muß.

Ich muß dir nämlich sagen, Effi, daß Baron Innstetten eben um deine Hand angehalten hat.«

»Um meine Hand angehalten? Und im Ernst?«

»Es ist keine Sache, um einen Scherz daraus zu machen. Du hast ihn vorgestern gesehen, und ich glaube, er hat dir auch gut gefallen. Er ist freilich älter als du, was alles in allem ein Glück ist, dazu ein Mann von Charakter, von Stellung und guten Sitten, und wenn du nicht ›nein‹ sagst, was ich mir von meiner klugen Effi kaum denken kann, so stehst du mit zwanzig Jahren da, wo andere mit vierzig stehen. Du wirst deine Mama weit überholen.«

Effi schwieg und suchte nach einer Antwort. Aber ehe sie diese finden konnte, hörte sie schon des Vaters Stimme von dem angrenzenden, noch im Fronthause gelegenen Hinterzimmer her, und gleich danach überschritt Ritterschaftsrat von Briest, ein wohlkonservierter Fünfziger von ausgesprochener Bonhomie, die Gartensalonschwelle, – mit ihm Baron Innstetten, schlank, brünett und von militärischer Haltung.

Effi, als sie seiner ansichtig wurde, kam in ein nervöses Zittern ...

Effi Briest hat gar keine Chance zu wählen, für sie ist gewählt worden, vom Vater und vor allem der Mutter, und wie falsch diese Wahl ist, das hat Fontane mit genügend zarten, doch deutlichen Zeichen in seinen Romananfang hineingeschrieben. Nicht nur, weil dieser Baron Innstetten dem Alter nach fast Effis Vater sein könnte – kaum ungewöhnlich damals. Auch nicht unbedingt, weil er, förmlich, zurückgenommen, militärisch, als Gegenbild zu der noch kindlich verspielten, unbekümmerten »Tochter der Luft«, der siebzehnjährigen Effi präsentiert wird – auch das mag damals noch einem gängigen Ehemodell entsprochen haben, nach dem der reife Mann mit der Braut ein Stück ungeformter Natur, eine Erziehungsaufgabe empfängt.

Doch in diese konventionellen Muster dringt hier eine Störung, die allen Beteiligten bewußt ist, aber beflissen übersehen wird. Es war nämlich Effis Mutter, die Innstetten vor fast zwei Jahrzehnten gern geheiratet hätte. Mit Hilfe der Mutter wählt er nun deren Tochter wie einen Ersatz, eine späte Wiedergutmachung, die aber erinnert an die einmal mißglückte und vielleicht glücklichere Wahl. »Ein weites Feld« nennt Effis Vater solche ihm zum Glück undurchschaubaren Verwirrungen. Uns aber scheint leider klar, daß der zugeknöpfte Innstetten eine inzestuös getönte Wahl getroffen hat.

Sogar Effi könnte das ahnen, denn ausgerechnet sie läßt Fontane die heikle Vorgeschichte zwischen Baron und Mama ihren Freundinnen erzählen: als »eine Liebesgeschichte mit Held und Heldin und zuletzt mit Entsagung«, so stellt sie diesen Roman vor und gerät nun selbst in einen, als Trostpreis für den Entsagenden. Zwar meint es Fontane herzlich gut mit dieser Effi, er hängt an seinem Geschöpf, doch eben deshalb will und muß er uns wohl zeigen, wie seine Zeit so liebenswürdige Wesen zugrunde richtet, eben deshalb muß er sie zeitgerecht leiden lassen. Folglich gerät sie noch einmal in die Falle einer falschen Wahl, mit dem erstbesten Frauenhelden und Ehebrecher, wieder arglos, wieder leichtsinnig. Denn dieser Major Crampas stellt das perfekte Gegenbild zum Gatten Innstetten, ist ein geübter Charmeur, Frauentröster, Gefühlspieler und bekennt sich zu Genuß und Risikofreude als Weltanschauung. Ein Blender, der vor allem seinen »linken, etwas verkürzten Arm« überspielt – was für ein Signal 1895, als das auch Fontanes Kaiser und König, Wilhelm II., vor aller Welt tat.

Am Ende beschert Fontane seinem Naturkind Effi als letzte Tröster einen lethargisch treuen Hund und die Volksmagd Roswitha, die beide von dem unheilvollen »Krimskrams«, von »Kultur und Ehre« nichts wissen, und dazu die Eltern, die Initiatoren der falschen Wahl, die bedrückt und pietätvoll Effis Sterben begleiten. Ein weites Feld fürwahr.

J ELENA
Ich schwöre Ihnen ...

ASTROW Wozu schwören? Nicht nötig zu schwören. Keine
überflüssigen Worte ... O wie schön Sie sind! Welche
Hände!
(Küßt ihre Hände.)

JELENA Aber genug doch, Schluß ... Gehen Sie ... *(Zieht ihre
Hände weg.)* Sie haben sich vergessen.

ASTROW Sprechen Sie, sagen Sie, wo wir uns morgen sehen
werden. *(Faßt sie um die Taille.)* Du siehst, es ist unvermeidlich, wir müssen uns treffen.

*Küßt sie, während Onkel Wanja mit einem Strauß Rosen ein-
tritt und im Türrahmen stehenbleibt.*

JELENA *(ohne Wanja zu sehen)* Erbarmen Sie sich ... lassen
Sie mich ... *(legt den Kopf auf Astrows Brust)* Nein! *(Sie
will gehen.)*

ASTROW Fahr morgen zur Forstwirtschaft ... gegen zwei
Uhr ... Ja? Ja? Wirst du kommen?

JELENA *(sieht Wanja)* Lassen Sie mich. Wie entsetzlich!

WANJA *legt den Strauß auf einen Stuhl, trocknet erregt sein
Gesicht mit einem Tuch, fährt damit hinter den Kragen*
Nichts ... Ja ... Nichts ...

ASTROW Verehrter Iwan Petrowitsch, heute ist das Wetter
nicht übel.

*Gut zehn Minuten hat die Balzszene gedauert, in der ein Herr
und eine Dame sich zunächst ihre Gefühle füreinander sorgfältig verborgen haben, bis sich die Spannung in einem sanften Vergewaltigungsversuch entlädt und im Hintergrund, als
ihr höchst unfreiwilliger Zuschauer, Onkel Wanja auftritt, mit
einem je nach Inszenierung auffallend prächtigen oder schon
schlappen Strauß von Rosen. Gedacht waren die zur Versöhnung mit seiner Angebeteten, mit Jelena, der kapriziösen,
allzu jungen und gelangweilten Gattin seines Bruders, die er
kurz zuvor mit seiner Aufdringlichkeit erzürnt hat und die er
nun wiederfindet in einer Umarmung mit dem Hausarzt
Astrow, nur scheinbar noch widerstehend. Denn sie selbst hat,
mindestens halbbewußt, diese erotische Aggression provo-*

ziert, als sie bei Astrow werben wollte für ihre hoffnungslos in ihn verliebte Stieftochter.

Was für ein Knäuel von Sichbegehren und Sichverfehlen, das sich in diesem Augenblick unentwirrbar zusammenzieht. Doppelt geliebt wird die kühle Schöne, von Schwager Wanja und auch von Astrow. Doppelt umworben auch Astrow, inbrünstig bewundert von Jelenas Stieftochter, kokett herausgefordert von der angeblich für diese Sonja werbenden Jelena. Und alle diese Gefühlslinien verheddern und verknoten sich, wenn hinten der traurigste von allen, wenn Onkel Wanja wie ein verzweifelter Clown die Szene betritt, oder vielmehr vor der Szene erstarrt. Er ist für einen langen, bangen Augenblick ein Zuschauer wie die im Parkett, die seinem Zuschauen zusehen müssen.

Eine große, wehe Bühnenszene und eine schreckliche im gründlich verpfuschten Leben Onkel Wanjas, der sich noch einmal mit seinen vagen Hoffnungen und kranken Illusionen auf diese Schwägerin Jelena konzentriert hat und nun seinen Rosenstrauß ablegt zum Zeichen endgültiger Kapitulation. Falsch gewählt und zurecht und voraussehbar enttäuscht. Aber falsch war hier alles von Anfang an und jeder dieser vier inbrünstigen oder halbherzigen Liebesversuche. Daß aus ihnen nichts wird und werden kann, konnte der Zuschauer in sicherer Distanz sich ausrechnen, ja sogar achselzuckend ein Glück nennen. Wie sollte die gelangweilte Schöne mit dem nervösen Idealisten Astrow leben, wie er mit ihr oder der reizlosen, wenn auch hingebungsvollen Sonja? Der Stammgast in Tschechows traurigen Komödien, die alle seine Figuren sanft würgende Langeweile scheint auch hier das wahre, falsche Aphrodisiakum.

Man sehnt sich nach Leben, aber das steht still. Man hofft und hofft, aber die Hoffnung greift ins Leere. Man riskiert, ja sucht lieber eine falsche Wahl als gar nicht zu wählen. Selbst die Enttäuschung bringt ja Bewegung in das schrecklich stillstehende Leben. Und der Zuschauer wundert sich zwar, daß Tschechow diese Trauerspiele gern Komödien nannte, doch auch er lacht dann über diese stets danebengreifenden Traumwandler und glaubt sich lachend für einen Moment gerettet.

Während ich dicht an der Brünetten mit den vollen Wangen vorüberging, die das Rad vor sich hinschob, begegnete ich ihrem schrägen lachenden Blick, der aus den Tiefen der unmenschlichen Welt hervorbrach, in der das Leben dieses kleinen Gemeinwesens fest beschlossen lag, aus einem Unzugänglichen, Unbekannten, in dem der Gedanke, daß ich da sei, gewiß weder jemals Eingang noch einen Platz würde finden können. Hatte mich das junge Mädchen mit der so schief sitzenden Polomütze, da sie doch ganz mit dem beschäftigt war, was ihre Gefährtinnen sagten, überhaupt in dem Augenblick gesehen, als der schwarze Strahl ihrer Augen mich traf? Wenn sie mich aber gesehen hatte, was mochte ich in ihren Augen sein? Von welcher Weltsicht mochte sie mich einer Einordnung unterziehen? Es wäre für mich ebenso schwer zu sagen gewesen, wie es mißlich ist, aus Eigenheiten eines Nachbargestirns, die man im Teleskop erkennt, den Schluß zu ziehen, daß dort Menschen wohnen, und sich vorzustellen, welche Gedanken diese Betrachtung in jenen weckt.

Ob er erzählt von Swanns fataler Liebe zu Odette, die doch so gar nicht »sein Genre« war, oder von Marcels Verfallenheit erst an Gilberte, dann an Albertine – Proust bleibt der manische Meister solcher Geschichten einer quälend falschen Wahl. Denn nur die falsch wählende Liebe kann durch Zweifel und immer neue Begeisterungen in jene Unendlichkeit treiben, die das Proustsche Erzählen sucht und sich beschert, um erlebtes Martyrium in der Erinnerung zu verwandeln in einen literarischen Triumph.

Das alles wird schmerzhaft klar schon mit dem ersten Anblick eines Liebesobjektes, das auftaucht, um sich zu entziehen, das anzieht, indem es sich entzieht. Hier also ist es die junge Albertine, die der Erzähler Blick um Blick aus einem Pulk ihm entgegenkommender übermütiger Mädchen zu isolieren sucht. Was endlich, nach zehn süchtig schweifenden Seiten annähernd gelingt. Sogar ein Blickkontakt scheint nun hergestellt zwischen seinen und dem »schwarzen Strahl ihrer Augen«, ein zweifelhafter, in Fragesätzen bezweifelter Kon-

takt. Denn hat ihn diese Brünette, geborgen in der »unmenschlichen Welt« des lachenden, rücksichtslosen Körperkollektivs ihrer Freundinnen, überhaupt wahrgenommen? Wie Gestirne, Lichtjahre voneinander entfernt, scheint man sich zu begegnen, ohne sich zu begegnen. So hingebungsvoll sich die Erinnerung und Erzählung auch vertieft in Reiz und Rätsel dieser Distanz, so unsicher, ja unwahrscheinlich scheint, daß die Existenz des Erzählens je ins Bewußtsein dieser Brünetten mit den schwarzen Augen eingedrungen ist, ja sie wird dort möglicherweise »weder jemals Eingang noch einen Platz finden«.

Genau diese unaufhebbare Fremdheit, die unerreichbare Kommunikation laden die erste Begegnung auf, sichern der damit gegründeten und nun unendlich zu erzählenden Liebe den Reichtum der Zweifel und Hypothesen, an denen Prousts Prosa sich berauscht, aus denen sie ihre süchtig und prächtig schweifenden Satzstrukturen baut. Dieses junge, vollkommen fremde Wesen möchte der Erzähler gleich nach dem ersten Anblick »besitzen«: »ein schmerzreiches Verlangen, weil ich spürte, daß es unerfüllbar sei, und doch berauschend«.

Berauschend, weil unerfüllbar – so läßt sich ein Liebes- und Erzählprogramm auf eine Formel bringen, in dem Marcel schon vor dieser entscheidenden Begegnung im zweiten Band der »Recherche« seine Erfahrung gesammelt hat, lebend wie schreibend. Auch die erste Konfrontation mit der noch kindlichen Gilberte vor der Weißdornhecke ist nach diesem Programm inszeniert worden. Auch sie hat den sie in »Todesangst« anstarrenden Jungen damals angeblitzt mit »schwarzen Augen«, die sich ihm in der Erinnerung zwar verklären zu Azurblau, doch sicher ist er auch, daß ihre Blicke »ganz ohne Ausdruck« waren, als hätte sie ihn gar nicht gemeint, gleichgültig, achtlos und doch aggressiv in rätselhaft paradoxer Mischung. Genug Reiz für Marcel, für seine Erinnerung und Erzählung, um nun über Hunderte von Seiten diesen Bann durch eine Unerreichbare zu entfalten, ein Lebensunglück aufzuheben im Glück des Schreibens.

Eni lauschte ⟨ihrem Gemahl⟩ mit unbeschreiblichem Entzücken. Wie die Verherrlichung Josephs, die Schilderung
seiner Beliebtheit, sie berauschte, ist nicht zu sagen; die Freude
lief ihr ein übers andere Mal wie ein Feuerstrom durch die
Adern, hob ihr den Busen auf, ließ sie in kurzen Stößen und
drangvoll eratmen gleichwie im Schluchzen, machte ihr rote
Ohren und war mit Mühe und Not von ihren Lippen fernzu-
halten, daß diese wenigstens nicht selig lächelten bei dem, was
sie hörte. Der Menschenfreund kann nicht genug den Kopf
schütteln über so viel Widersinn. Der Preis Josephs mußte die
Frau in ihrer Schwäche für den Fremdsklaven, wenn man so reden darf, bestärken, ⟨...⟩ sie tiefer hineinstürzen ⟨...⟩ War das
ein Grund zur Freude? – Zur Freude nicht, aber zur Wonne, ein
Unterschied, in den der Menschenfreund sich kopfschüttelnd
finden muß. Übrigens litt sie auch, wie es sich gehört.

*Alles ist falsch, verkehrt, aussichtslos in dieser Affäre zwi-
schen dem schönen »Fremdsklaven« Joseph und seiner kühlen
Herrin Mut-em-Enet alias Eni, Potiphars Weib, die neben
ihrem Eunuchen-Gemahl zur »Mondnonne« gefroren ist.
Falsch, weil ein Fremdsklave ein Sklave in der Potenz ist, sozial
wie national eine Schande für die Dame aus der thebanischen
Oberklasse. Verkehrt, weil sie ihn – und nicht der Mann sie –
verführen will, weil die Herrin den Knecht anbettelt, sich
schwach zeigen muß und stark und sich damit doppelt kom-
promittiert. Aussichtslos nicht nur, weil ein festes Verhältnis
ein Skandal wäre und eine bloße Serie von befohlenem Bei-
schlaf für die Verliebte undenkbar, sondern vor allem, weil der
gottesfürchtig gebundene Joseph ja »keusch« bleibt, wofür
Thomas Mann einen feierlichen Katalog von sieben Gründen
herunterbeten wird.
Ja, der Erzähler zeigt sich ernsthaft besorgt um seinen Joseph, der nicht zuschanden kommen darf, denn er braucht ihn
noch, für den vierten Band seiner Geschichte, für den Aufstieg
zum Ersten in Ägypterland. Aber es ist Mut-em-Enets Passion, die er erzählen will, drei Jahre und dreihundert Seiten
lang, fast durchgehend aus der Perspektive der Frau. Denn sie*

muß gerechtfertigt werden gegen das jahrtausendealte Gerücht, Potiphars Weib wäre die erste grüne Witwe der Weltgeschichte gewesen, gelangweilt, geil und liederlich. Ihre Passion soll diesen Namen verdienen, soll Leidenschaft und Leidensgeschichte zugleich sein. Als Erweckung einer unnatürlich unterdrückten Natur, die dann doch naturgemäß scheitert, als Tragödie und Komödie einer »Heimsuchung«, die den sorgfältigen »Lebensbau« der hohen Dame zerstört und ihren Realitätsbezug erblinden läßt in Wahn und Verzückung.

Eine herzzerreißende Komödie also. Etwas Unsägliches, Verborgenes und Verschwiegenes soll sie zur Sprache bringen und dabei geraten sie beide, Mut wie ihr Erzähler, in die ausschweifendste Redseligkeit. Die Frau, weil sie diese Liebesraserei als etwas Einmaliges und Unerhörtes erlebt, während der Erzähler in seiner Rolle als besorgter und kopfschüttelnder »Menschenfreund« fortlaufend kommentiert, wie »uralt« das alles wäre, diese Geistesverwirrung, die »wirre, blühende Logik der Liebe. Man kennt das alles, und kaum lohnt es sich, davon zu erzählen« ...

Es lohnt sich offenbar doch. Vor allem, wenn alles so grundschlecht und doch herrlich gut ausgeht wie in diesem Fall. Alles ist falsch zwischen den beiden und erweist sich dann doch als goldrichtig. Joseph, obwohl er in letzter Minute vorbildlich keusch widersteht, gerät ins Gefängnis, aus dem er hoch katapultiert wird in die Nähe Pharaos: die »Grube« beschert ihm zum zweiten Mal einen Aufstieg. Mut-em-Enet verpuppt sich zwar wieder zur Nonne, in die »eleganten Pflichten« eines »Groß-Damen-Lebens«, doch die früher »kühle Leere ihres Herzens« hat sich nun belebt, durch »das Bewußtsein der Rechtfertigung, das Bewußtsein, daß sie geblüht und geglüht, daß sie geliebt und gelitten hatte«.

So weiß ihr Erzähler, der zur gleichen Zeit auch in sein Tagebuch im Rückblick auf seine homoerotischen Passionen schreibt: »Ich habe gelebt und geliebt, ich habe auf meine Art ›das Menschliche ausgebadet‹.« Und auf seine Art darüber geschwiegen, um desto redseliger davon zu erzählen, nicht nur im Josephsroman.

Das tödliche Dreieck

Es wurde ausgemacht, daß ich eine Kutsche nehmen, mit meiner Tänzerin und ihrer Base nach dem Orte der Lustbarkeit hinausfahren, und auf dem Wege Charlotten S. . mitnehmen sollte. Sie werden ein schönes Frauenzimmer kennen lernen, sagte meine Gesellschafterin, da wir durch den weiten schön ausgehauenen Wald nach dem Jagdhause fuhren. Nehmen Sie sich in Acht, versetzte die Base, daß Sie sich nicht verlieben! Wie so? sagt' ich: Sie ist schon vergeben, antwortete jene, an einen sehr braven Mann, der weggereist ist, seine Sachen in Ordnung zu bringen nach seines Vaters Tod, und sich um eine ansehnliche Versorgung zu bewerben. Die Nachricht war mir ziemlich gleichgültig.

Werther, auf dem Weg zu einem ländlichen Tanzvergnügen, reist in sein lebensbestimmendes, tödliches Glück und Unglück. Er wird Charlotte S., seine Lotte, kennen und lieben lernen. Doch bevor er sie zum ersten Mal sieht, als Ersatzmutter Abendbrote verteilend an ihre halbverwaisten Geschwister, hat er und haben wir schon erfahren, daß sie »vergeben« ist, und an einen »sehr braven Mann«, der gerade dabei ist, seinen Vater zu beerben und also eine solide Partie zu werden, anders als er, Werther, dem das in diesem Augenblick noch »ziemlich gleichgültig« ist.

So hat die Erzählung schon für einen Schatten gesorgt, bevor sie nun Lotte und Werther auf dem Tanzfest ins Licht rückt, als ein mögliches, als das womöglich einzig richtige Paar. Denn die beiden harmonieren nicht nur im empfindsamen Literaturgespräch, sondern vor allem in der physischen Bewegung des freiesten der Tänze, im »deutschen«, dem damals gerade in Schwung kommenden Walzer: »Nie ist mir's so leicht vom Flecke gegangen«, schreibt Werther an Freund Wilhelm. »Ich war kein Mensch mehr. Das liebenswürdigste Geschöpf in den Armen zu haben, und mit ihr herum zu fliegen wie Wetter, daß alles rings umher verging ⟨...⟩« Alles, vor allem wohl der Bräutigam Albert. Als Lotte ihm mitten im Tanz diesen Namen des Verlobten nennt, verstolpert Werther seine nächsten Schritte.

Zwei Männer – eine Frau. Wer eigentlich ist in dieser Kon-stellation der störende Dritte? Für Werther und seinen Roman zweifellos der brave Albert. Ihm gehört zwar die Braut nach Sitte, Gesetz und Ordnung, und daß die Broteverteilerin eine vorbildliche Gattin, Hausfrau, Mutter abgeben wird, hat schon ihr erster Auftritt demonstriert. Aber das physische Tanzglück mit Werther, als beide »wie die Sphären um einander herum-rollten«, dann zwei besonders kräftige Maulschellen für ihn bei einem Gesellschaftsspiel und schließlich eine in Tränen sich auflösende Ergriffenheit angesichts eines Sommergewitters, das sie beide erinnert an: »Klopstock!« – diese Körperspiele und -ergüsse reden eine andere, eine auch unordentliche Spra-che.

Eine gute lange Weile werden die drei ihr trianguliertes Ver-hältnis mit Takt und Fairneß in Balance zu halten versuchen: dem Braven soll die Brave bleiben, dem Empfindsamen gehört die Seelenfreundin. Nur Lottes Körper, der im Tanz mit Wer-ther sich in Himmelssphärenordnung bewegende, der läßt sich nicht teilen. »Sie wäre mit mir glücklicher geworden als mit ihm! O er ist nicht der Mensch, die Wünsche dieses Herzens alle zu füllen. Ein gewisser Mangel ⟨...⟩« Als Werther sich Al-bert als ein Mängelwesen und sich als den einzig Richtigen für Lotte entwirft, ist sein Anspruch längst verwirkt. Es wird Lotte sein, die Werthers Boten schließlich die Pistolen aushändigt »zu einer vorhabenden Reise« – »zitternd«, aber doch. Ahnt sie, was die Erzählung längst weiß: daß Werthers Liebe sich nur durch einen Märtyrermord beglaubigen kann?

»Eins von uns dreien muß hinweg«, notiert er am Ende und spielt tatsächlich auch die beiden anderen Möglichkeiten durch, Alberts Tod, sogar Lottes Tod. Aber natürlich ist er die-ser Dritte und damit wieder der allererste. Er, der einzig radi-kal Liebende, wird mit seinem Opfertod das zurückbleibende legitime Paar endgültig distanzieren und – blamieren in sei-nem braven, vorsichtigen Glück.

In dem Augenblick erschien auf dem Verdeck seine schöne Feindin mit einem Blumenkranz in den Haaren. Sie nahm ihn ab und warf ihn auf den Steuernden. Nimm dies zum Andenken! rief sie aus. Störe mich nicht! rief er ihr entgegen, indem er den Kranz auffing: ich bedarf aller meiner Kräfte und meiner Aufmerksamkeit. Ich störe dich nicht weiter, rief sie: du siehst mich nicht wieder! Sie sprach's und eilte nach dem Vorderteil des Schiffs, von da sie ins Wasser sprang. Einige Stimmen riefen: rettet! rettet! sie ertrinkt. Er war in der entsetzlichsten Verlegenheit. Über dem Lärm erwacht der alte Schiffsmeister, will das Ruder ergreifen, der jüngere es ihm übergeben; aber es ist keine Zeit die Herrschaft zu wechseln: das Schiff strandet, und in eben dem Augenblick, die lästigsten Kleidungsstücke wegwerfend, stürzte er sich ins Wasser, und schwamm der schönen Feindin nach.

Das Wasser ist ein freundliches Element für den der damit bekannt ist und es zu behandeln weiß. Es trug ihn, und der geschickte Schwimmer beherrschte es. Bald hatte er die vor ihm fortgerissene Schöne erreicht; er faßte sie, wußte sie zu heben und zu tragen ⟨...⟩

In die »Wahlverwandtschaften«, die letzte seiner vielen Dreiecksgeschichten (die er vergeblich zu entschärfen sucht in ein Viereck), hat Goethe ein Gegenmodell hineingerückt, die Novelle »Die wunderlichen Nachbarskinder«, in der ein Konflikt zu dritt sich gewaltsam, doch glücklich löst. Obwohl die Konstellation so klassisch wie aussichtslos scheint: wieder ist eine Braut »durch Welt und Familie, Bräutigam und eigne Zusage unauflöslich gebunden«, als sie zu spät ihre wahre Liebe entdeckt, zu einem Nachbarn, mit dem sie als Kind immer erbittert, ja haßerfüllt gestritten hatte.

Sie verheimlicht, wie vorher ihre Neigung, nun ihre Verzweiflung und beschließt – getreu der Wertherschen Losung: »Eins von uns dreien muß hinweg« – ihren Selbstmord, um sich dem Geliebten, Gehaßten unvergeßlich zu machen: »Er sollte ihr totes Bild nicht loswerden«.

Selbstmord als Rache und zum ewigen Andenken: dieses

theatralische Projekt braucht eine große Bühne. Die beschert
Goethe der »schönen Feindin« durch eine Wasserlustfahrt, zu
der ausgerechnet der nun begehrenswerte Nachbar »Welt und
Familie« eingeladen hat. Nur eine Oper oder aber eine Goethe-
sche Altersnovelle, die mit knappen, starken Strichen das Un-
wahrscheinliche, doch Exemplarische zum Ereignis werden
läßt, kann die emphatische Szene beglaubigen, in der nun die
wütende Braut sich aus dem Wege zu räumen versucht, in
einer wilden Einheit aus Opfer- und Rachetod.

Aber: »Das Wasser ist ein freundliches Element«, und auch
der freundliche Erzähler weiß es wie sein schwimmender Held
zu benutzen, um die »schöne Beute aufs Trockene« zu bringen,
wo beide den »schönen halbstarren nackten Körper wieder ins
Leben zu rufen« verstehen: »Es gelang. Sie schlug die Augen
auf, sie erblickte den Freund, umschlang seinen Hals mit ihren
himmlischen Armen.«

Alles gelingt hier, dank der Zusammenarbeit von freund-
lichem Wasser und rettender, trockener Erde, dank der Verwandlung eines fast schon todesstarren Körpers in einen le-
bendig warmen mit himmlischen Armen. Wie könnten da
»Welt und Familie«, gegen die ja die »schöne Feindin« mit
ihrem gewaltsam im Wasser zur Liebe bekehrten Erwählten
sich vergangen hat, noch ihren Segen verweigern?

Tatsächlich werden die beiden, inzwischen in geborgten
Hochzeitskleidern »vermummt«, sich vor ihren Familien, den
Müttern und Vätern und auch vor dem betrogenen Dritten,
dem Bräutigam, in den letzten Zeilen der Novelle auf die Knie
stürzen, um dreimal, eher drohend als bittend, »Euren Segen!«
einzufordern. »⟨...⟩ und wer hätte den versagen können«, so
Goethe in seinem letzten, das Opernfinale wieder auf Prosa-
und Zimmerlautstärke herunterstimmenden Satz.

Die Novelle ist »ein freundliches Element«, wenn einer
Himmel und Erde und Wasser und schließlich auch den Segen
der Gesellschaft aufbietet, um ein Exempel zu statuieren
dafür, daß ein tödliches Dreieck sich auch glücklich auflösen
kann. Bei Goethe aber müssen dabei zwei den Tod immerhin
riskieren und der Dritte, der Betrogene, wird im schönen
Schlußbild schlicht vergessen.

I ch schaute hin, bemüht, etwas zu hören. Mein Vater schien auf etwas bestehen zu wollen. Sinaida willigte nicht ein. Ich sehe immer noch ihr trauriges, ernstes, schönes Gesicht mit einem unbeschreiblichen Ausdruck von Hingabe, Trauer, Liebe und einer Art von Verzweiflung – ich finde kein besseres Wort dafür. – Sie antwortete einsilbig, senkte den Blick und lächelte nur ergeben und trotzig. An diesem Lächeln erkannte ich meine alte Sinaida. Mein Vater zuckte die Achseln und rückte den Hut auf dem Kopf zurecht – stets ein Zeichen großer Ungeduld bei ihm – ... und ich vernahm die Worte: »Vous devez vous séparer de cette ...« Sinaida fuhr auf und streckte die Hand aus ... Und da geschah vor meinen Augen etwas Unbegreifliches. Mein Vater hob plötzlich die Reitpeitsche, mit der er den Staub von den Rockschößen geschlagen hatte, und ein scharfer Hieb pfiff über ihren bis zum Ellenbogen entblößten Arm. Ich unterdrückte mühsam einen Schrei, Sinaida zuckte zusammen, sah meinen Vater schweigend an, hob den Arm langsam an ihre Lippen und küßte den sich rötenden Streifen.

In der Geschichte, die Turgenjew für seine schönste hielt, erlebt ein Sechzehnjähriger zweimal als Voyeur den Anfang und das Ende dessen, was er für seine »Erste Liebe« hält – so der täuschend sanfte Titel. Es wird seine einzige und letzte bleiben und war womöglich gar keine, weil sie hoffnungslos ins Leere läuft. Mit einem Blick in den nachbarlichen Garten hat dieser Wolodja sich die fünf Jahre ältere Sinaida zum Idol erwählt, als sie dort gerade eine Herde von Verehrern wie eine Dompteuse in Schach und Anbetung hält. Der Junge wird eingegliedert in ihren Hofstaat, wird gelockt, begünstigt, verwirrt. Bis er entdeckt, daß Sinaidas einzige und verbotene Liebe seinem Vater gilt, daß sie ihn nur als Fetisch und Ersatzobjekt benutzt hat.

Ein scheinbares Vieleck hat sich aufgelöst zum Dreieck, in eine giftige Variante der Ödipus-Konstellation. Denn wenn ein Sohn die Mutter liebt und dem Vater mißgönnt, dann hat er dazu Recht und kein Recht, aber auch die Chance, sich aus diesem tragischen Paradox und eng familiären Dreieck zu be-

freien, erwachsen zu werden. Aber wo wäre in Turgenjews Variante, wenn ein Junge den Betrug des Vaters an der Mutter und zugleich den Betrug einer Geliebten an sich selbst entdeckt, das Recht und das Unrecht? Wolodja, der einzig Unschuldige im Dreieck, bleibt auch der einzig Ohnmächtige, handlungsunfähig, gebannt in die Rolle des Zuschauers, ein Voyeur auch seiner eigenen Geschichte.

Damals, im Nachbargarten während der Sommerfrische, hatte Sinaida ihren Verehrern reihum mit einem Blütenzweig auf die ihr freudig entgegengereckten Stirnen geschlagen. Nun, in der Korrespondenzszene, wird sie selbst geschlagen, weil sie ihrem Geliebten offenbar eine Abtreibung verweigert, und sie, die Dompteuse, küßt nun andächtig ihr Wundmal.

Zwei sadomasochistische Rituale, hell und grell, markieren Anfang und Ende einer ersten, letzten Liebe für den, der zweimal heimlich und gelähmt nur zusieht. Aber Turgenjew erzählt so sanft, so drucklos und unauffällig, daß weder das Raffinement seiner Fügungen noch ihre bösen Folgen scharf ins Auge fallen. Auch, weil dieser Wolodja, Erzähler und Opfer der Geschichte in Personalunion, zu weich ist, um an ihr zu zerbrechen. Ihm wird sein Leben nur zerfließen, wie auch Turgenjew das Ende seiner Geschichte. Etwas lieblos wird der Vater, ein nervöser Lebemann, mit einem Schlaganfall aus dem Leben geräumt, Jahre später stirbt die inzwischen reich verheiratete Sinaida im Kindbett.

Jeder Konflikt, jeder Protest in diesem Dreieck ist sorgfältig abgedeckt, erreicht nur gedämpft, nur ahnbar den Leser. Am Ende bleibt nichts als Trauer, Ratlosigkeit, eine diffuse Wehmut. Ein Katastrophenidyll, weltenfern von Wagners Gewaltdramatik und doch 1860, kurz nach dem »Tristan« entstanden.

MARKE
Mir dies? / Dies, Tristan, mir?
Wohin nun Treue, / da Tristan mich betrog?
Wohin nun Ehr' / und echte Art,
da aller Ehren Hort, / da Tristan sie verlor?
Die Tristan sich / zum Schild erkor,
wohin ist Tugend / nun entflohn,
da meinen Freund sie flieht, / da Tristan mich verriet?
Wozu die Dienste / ohne Zahl,
der Ehren Ruhm, / der Größe Macht,
die Marken du gewannst; / mußt' Ehr und Ruhm,
Größ' und Macht / mußte die Dienste
ohne Zahl / dir Markes Schmach bezahlen?

Nie hat ein Baß so lange während, so monumental maulend und doch herzbewegend klagen dürfen wie König Marke am Ende des zweiten Akts von »Tristan und Isolde«. Der Gehörnte klagt nicht als Hahnrei, denn ihm ist mehr abhanden gekommen als nur die Gattin – die er als solche, wie Wagner dezent indezent andeutet, kaum genutzt hat –, ihm ist eine, seine, Weltordnung zerstört worden im tödlichen Dreieck mit Tristan und Isolde. Denn dieser Neffe Tristan, Liebling und Lehnsmann, Brautwerber Isoldes und designierter Thronfolger, hat mit seinem Verrat aufgelöst, was Markes Welt bis eben noch zusammenhielt, den ganzen feudalen Leim aus Treue, Tugend, Ehre, Glanz, Ruhm, Macht, aus Dienst und Lohn, do ut des, worüber der König nun schier unendlich klagt. Denn wir haben ja nur den spröden Anfang seiner nun erst in Schwung und Wallung kommenden Beschwerde zitiert.

In diesem überlangen Augenblick wird deutlich wie nirgends sonst in Wagners Welt, warum er so besessen war von der dramatischen Idee des Dreiecks, warum er immer neue baute über dem immer gleichen Grundriß, immer wieder einen jungen, rebellisch bis anarchisch motivierten Kerl hineinschickte in eine schon erstarrte und zugleich dekadente Ordnung, als Tannhäuser oder Stolzing, Siegmund, Siegfried oder noch Parsifal, um wie im Märchen ein in diese Ordnung gebanntes Weib wachzuküssen, möglichst zu befreien, und das auch immer im gleichen Konflikt mit einem schon geschwächten, einem impotenten oder doch resignierenden Machtinhaber und Patriarchen, der heiße nun Beckmesser oder Sachs, Wotan, Gunther oder Klingsor oder eben Marke. Man kann, will man diesen ewig angezettelten und ewig unlösbaren Konflikt auf den Begriff bringen, den Mund gar nicht voll genug nehmen: Wagner versucht tatsächlich, und das programmatisch aussichtslos, ein politisches Universum aufzusprengen, zu erlösen mit einem erotischen.

Das alles, was ihn mit all seinem Recht von vornherein ins Unrecht setzt, ahnt der arme Marke nicht, wenn er Tristan schließlich fragt nach dem »unerforschlich furchtbar tief geheimnisvollen Grund« seines universalen Verrats, worauf Tristan ihm, so traurig wie tückisch, die Antwort verweigert: Er könne das, sagt er, singt er fast tonlos, nicht sagen, und Marke werde es »nie erfahren«. Aber uns ist das unerforschlich furchtbar tiefe Geheimnis ja einen Akt lang lauthals verraten worden im Duett des ehebrecherischen Paares, didaktisch, ekstatisch, hymnisch, in allen Tonlagen: daß Liebe für diese beiden wie für ihren Autor leben und sterben will im vollkommenen Skandal, mit allen Bindungen und Verbindlichkeiten radikal brechend, um auszutreten aus allen Ordnungen der sozialen Welt.

Der gute König Marke wird am Ende ganz zufrieden sein, wenn er zu verstehen meint, solche Raserei könne nur ausgelöst sein durch eine Droge, den Liebestrank.

Wronskij trat an das Bett heran; als er Anna erblickte, nahm er wieder die Hände vors Gesicht.

»Nimm die Hände vom Gesicht, sieh ihn an. Er ist ein Heiliger«, sagte sie. »Ja, nimm die Hände fort, nimm die Hände fort!« rief sie zornig. »Alexeij Alexandrowitsch, nimm ihm die Hände weg! Ich will ihn sehen!«

Alexeij Alexandrowitsch faßte Wronskijs Hände und zog sie von seinem Gesicht fort, dem Scham und Schmerz einen erschreckenden Ausdruck verliehen hatten.

»Gib ihm die Hand. Verzeih ihm.«

Alexeij gab ihm die Hand, ohne die Tränen zurückzuhalten, die ihm aus den Augen strömten.

»Gott sei Dank, Gott sei Dank«, sagte sie, »jetzt ist alles in Ordnung. Jetzt möchte ich nur noch die Beine etwas lang strecken. So ist es recht, so. Wie geschmacklos diese Blumen gemacht sind, sie sehen gar nicht wie Veilchen aus«, sagte sie, auf die Tapeten zeigend.

Alles und nichts ist »in Ordnung« am Bett der ehebrecherischen Anna Karenina, die ein Kind und ihren Tod erwartet und die Ehemann und Liebhaber zu einer Reue- und Vergebungszeremonie zu sich beordert hat. Alles echt, die Tränen, die Scham und Annas Todesfurcht und doch alles falsch und vergeblich. Anna wird nicht sterben, noch nicht, Karenin kann nicht vergeben und sie loslassen, und Wronskij, dieses schöne Tier von Mensch, steht in seiner Büßerrolle wie neben sich selbst. Sie alle sind außer sich in dieser hochpathetischen Szene, überspannt, eine Trinität von Leidensgenossen, und nur einen schönen, falschen Augenblick lang sieht es so aus, als hätte sich das Dreieck zwischen dem legitimen Ehemann, dem illegitimen Liebhaber und der von beiden beanspruchten Frau angesichts der zur mater dolorosa erhöhten Anna herrlich aufgelöst.

Aber sie werden alle drei zurückfallen in ihre Rollen. Die Schwerkraft ihrer hochverschiedenen Charaktere wie auch der Sog der gesellschaftlichen Moral sorgen dafür. Obwohl doch in Tolstojs Roman weder der emotionale noch der soziale Druck

so hoch scheint wie in älteren Ehebruchs- und Skandalge-
schichten, sein Dreieck also kaum in einen unauflöslichen,
einen tragischen Konflikt treibt. Die Liebe zwischen Anna und
Wronskij trägt nicht mehr den Heiligenschein einer transzen-
dentalen Macht, greift eher mit animalischer Wucht ein in das
Leben zweier hoch unbefriedigter, durch soziale Normen nur
unvollkommen gezähmter Menschen. Karenin wiederum, dieses Beamtenreptil mit einem fast unerkennbar diffusen Innen-
leben, kann nur noch dem Buchstaben nach einen Anspruch
auf seine Ehefrau erheben, steht für nichts mehr als für eine
vollkommen ausgehöhlte Legitimität. Auch sein kurzer Aus-
flug ins Religiöse, als von Anna ernannter verzeihender »Heiliger«, wird bald zur Komödie.

Genau auf diese Subversion aller Gewalten, die früher ein
Dreieck aufladen konnten mit der tödlichen Spannung zwischen der Gesellschaft und einer gegen sie rebellierenden
Liebe, genau darauf scheint Tolstoj seinen Roman angelegt zu
haben. Man kämpft nicht mehr miteinander, man reibt sich
nur aneinander auf. Ja mehr noch: man versucht sich einander
gar nicht zu stellen – wie absurd der Gedanke an ein Duell zwischen Karenin und Wronskij – man weicht sich lieber aus,
zieht sich zurück, wartet auf den inneren Zusammenbruch,
den des anderen oder den eigenen.

Ein Wunder, wie Tolstoj auf diesem kranken oder faulen
Konfliktfeld seinen Roman, ja sogar die Figuren noch in Spannung hält. Sie arbeiten nun mit blinder Verbissenheit vor allem gegen sich selbst, Anna, indem sie ihre Liebe abstumpft
und zugleich schärft durch Eifersucht, Karenin, indem er die
Eifersucht in sich zu entdecken und gleichzeitig zu verdrängen
sucht, Wronskij, der in falscher Fairneß nicht wagt, sich das
Erlöschen der ersten Liebesaufregung, die Langeweile des Ge-
wohnten einzugestehen. Am Ende sind sie alle drei zu Tode
erschöpft. Aber nur Anna, der Vitalsten, gelingt es zu sterben.
Wronskij zieht wie ein lebender Leichnam in den Krimkrieg,
und Karenin überlebt als das, was er immer schon war, als
Mumie.

Wollen wir Freundschaft halten, ein Bündnis schließen für ihn, wie man sonst gegen jemanden ein Bündnis schließt! Gibst du mir darauf die Hand? Mir ist oft bange ... Ich fürchte mich manchmal vor dem Alleinsein mit ihm ⟨...⟩ Ich wüßte gern einen guten Menschen an meiner Seite ... Enfin, wenn du es hören willst, ich bin vielleicht deshalb mit ihm hierhergekommen ...«

Sie saßen Knie an Knie, er in dem vorwärts gewiegten Stuhl, sie auf der Bank. Sie hatte seine Hand gedrückt bei ihren letzten vor seinem Gesicht gesprochenen Worten. Er sagte:

»Zu mir? ⟨...⟩ Oh, Clawdia, das ist ganz außerordentlich. Du bist mit ihm zu mir gekommen? Und du willst sagen, mein Warten sei dumm und unerlaubt und ganz umsonst gewesen? Das wäre im höchsten Grade linkisch, wenn ich das Anerbieten deiner Freundschaft nicht zu schätzen wüßte, der Freundschaft mit dir für ihn ...«

Da küßte sie ihn auf den Mund. Es war so ein russischer Kuß, von der Art derer, die in diesem weiten, seelenvollen Lande getauscht werden an hohen christlichen Festen, im Sinne der Liebesbesiegelung.

»Ganz außerordentlich«, wie der in seiner Zauberbergkur redegewandt und redselig gewordene Hans Castorp sagt, ist dieser Dialog, sind dieses Bündnis und diese Szene in der Tat. Da sieht ein junger Mann seine sieben bange Monate stumm und dann eine einzige Nacht wirklich geliebte Clawdia Chauchat nach jahrelangem Warten wieder, doch als Geliebte einer übermächtigen Person, des undeutlich charismatischen und leidenden Mynheer Peeperkorn, der bald den Bacchus, bald einen heruntergekommenen Christus und Erlöser zu spielen scheint. Und siehe da, der rücksichtslos neugierige Castorp vergißt ganz und gar das hier naheliegende, »ordentliche« Gefühl, alle Eifersucht, richtet sich fast gemütlich ein in dem prekären Dreieck und sitzt staunend vor dem undeutlich großartigen Peeperkorn wie die ganze Sanatoriumsgesellschaft auf dem Zauberberg. Sehr zum Mißfallen seiner unvergessenen Ge-

liebten, der seine Leidenschaft für sie früher eher lächerlich und unheimlich war, die sich aber nun einen Rest von Passion zurückzuwünschen scheint.

Das hat sie ihren deutschen Hans am Anfang dieses mit dem russischen Kuß beendeten Gesprächs auch deutlich wissen lassen. Die russisch-französische Dame, geprägt von zwei Traditionen der Sinnlichkeit, findet »abscheulich«, daß Castorp auch seinen natürlichen Konkurrenten Peeperkorn sofort bucht als ein Bildungserlebnis. Doch darauf sind nun einmal Castorp wie auch Thomas Mann und sein Roman scharf, und dagegen können Clawdias »mähnschlichere« Bedürfnisse nicht ankommen. Nun aber, wenn die beiden ihr Bündnis für den Dritten beschließen und mit einem Kuß besiegeln, erfüllen sie des Autors und seines Romans innigste Parole, daß nämlich »um der Güte und Liebe willen« man »dem Tode keine Herrschaft einräumen ⟨soll⟩ über seine Gedanken« – so steht es in dem einzig gesperrt gedruckten Satz des tausend Seiten langen Textes, in der Traumvision des verirrten Skiläufers Castorp.

Diese hoch über den Roman hinausfliegende Botschaft wird gern als eine an die ganze Menschheit gelesen und ist in ihrer Vertrauenswürdigkeit unter den Spezialisten bitter umkämpft. Uns genügt sie, um zu verstehen, daß sie die Kraft hat, ein tödliches Dreieck aufzulösen in Güte, Freundschaft, aber eben auch in Liebe, besiegelt durch einen Kuß von Mund zu Mund. Worauf der Erzähler uns ausführlich darüber belehren wird, daß so ein Kuß zwischen einem »notorisch ›verschlagenen‹ jungen Mann und einer ebenfalls noch jungen, reizend schleichenden Frau« durchaus zweideutig bleibt, nämlich »fromm« und »fleischlich« ist. In ihm begegnen sich nicht nur zwei nun brüderlich-schwesterlich verbündete Seelen, sondern eben auch zwei Körper. »Zur Verwesung Bestimmtes«, wie wir auch gleich hören, und da die beiden sich ja verbünden für den leidenden, bald sterbenden Dritten, wäre das ganze Ensemble von Tod und Liebe und Güte wieder harmonisch beisammen, eine Trinität, die jedes Dreieck entspannt und auflöst.

Drei Menschen: eine sitzende Frau, zwei stehende Männer. Sie mit dunkler Wasserwelle, Matzeraths krauses Blond, Jans anliegendes, zurückgekämmtes Kastanienbraun. Alle drei lächeln: Matzerath mehr als Jan Bronski, beide die oberen Zähne zeigend, zusammen fünfmal so stark wie Mama, der es nur eine Spur in den Mundwinkeln und überhaupt nicht in den Augen sitzt. Matzerath läßt seine linke Hand auf Mamas rechter Schulter ruhen; Jan begnügt sich mit einer flüchtigen rechtshändigen Belastung der Stuhllehne. Sie, mit den Knien nach rechts, von den Hüften ab frontal, hält ein Heft auf dem Schoß, das ich längere Zeit für eines der Bronskischen Briefmarkenalben, dann für eine Modezeitschrift, schließlich für die Zigarettenbildchensammlung berühmter Filmschauspielerinnen hielt. Mamas Hände tun so, als wollten sie blättern, sobald die Platte belichtet, die Aufnahme gemacht ist. Alle drei scheinen glücklich, einander gutheißend gegen Überraschungen ⟨…⟩ gefeit zu sein ⟨…⟩

Ein Fotoalbum mit dem Schatz früher Familienbilder führt den trommelnden, schreibenden Oskar Matzerath zurück in das dunkle Dreieck seiner Herkunft. Denn er weiß nicht, glaubt nur zu wissen, wessen Sohn er ist, der des gesetzlichen Vaters Matzerath oder doch der des hübschen, wehleidigen Jan Bronski, Mamas Vetter und Liebhaber von Anfang an? Vater Matzerath, gebürtiger Rheinländer, gilt in Danzig als Reichsdeutscher, Vetter Bronski hat für Polen optiert, und damit wird das Dreieck, das so gemütlich seine Skatrunden klopft, in den dreißiger Jahren politisch brisant, mit tödlichen Folgen für Oskars falsche Väter. Denn der falsche Sohn befreit sich von beiden, von Jan bei Kriegsausbruch, bei der Erstürmung der Polnischen Post, vom rheinländischen Matzerath bei Kriegsende, wenn er ihn vor Zeugen der Roten Armee sein Parteiabzeichen verschlucken und daran elend ersticken läßt.

Das alles weiß der trommelnde, nach einem Sturz dreijährig verwachsene Zwerg noch nicht, wenn er unter dem Skattisch hockend oben das Trio spielen, reizen und stechen hört und unten die Liebesspiele zwischen Cousin und Cousine observiert,

Jans bestrumpften Fuß zwischen Mamas Schenkeln. Dieser infantile Blick von unten sichtet und richtet, was die Erwachsenen oben treiben. Er beobachtet das ehebrecherische Dreieck, registriert seinen Mief, sein Unglück, seine Komik, mit kühlem Widerwillen, doch scheinbar ohne Moral. Um dann doch, aber wieder scheinbar gleichmütig, ohne alle Leidenschaft, die beiden Väter aus dem Leben zu räumen.

Auf Dreiecke ist der Roman, ist Oskars Leben spezialisiert. Kaum hat der verwitwete Matzerath sich ein neues Mädchen ins Haus gezogen, als Hilfe in Laden und Haushalt, da sorgt der inzwischen sechzehnjährige Dreijährige dafür, daß sie und er und der Vater wieder in ein trianguläres Verhältnis geraten. So daß wieder nicht klar ist, ob der aus der Konfusion entsprungene Bastard, ob dieses Kurtchen des Vaters oder des Sohnes Sohn ist. Auf so uneindeutige Verhältnisse, auf die Subversion aller Legitimität, auf die tödliche Lächerlichkeit der Väter ist hier offenbar alles angelegt. So greift der antiautoritäre Roman des jungen Grass an die Wurzel aller Verhältnisse, gegen die er agiert.

Was übrig bleibt aus den Danziger Dreiecken, ist am Ende nur Maria, für Oskar, den Erzähler in seiner Heil- und Pflegeanstalt, Mutters Stellvertreterin, ehemalige Geliebte, Kumpel und Schwester, eine praktische, patente Schutzheilige in Kleinbürgerformat, Schutz und Halt gegen die andere, die männliche Hälfte der Welt. Aber bildet Oskar nicht mit ihr und dem unsicheren Sohn Kurtchen schon wieder ein Dreieck, diesmal ein garantiert und endgültig spannungsloses? Maria, der womöglich falsche Vater und auch falsche Sohn präsentieren sich als das solide Zerrbild der Kleinfamilie, aber auch als giftige Karikatur der Heiligen Familie. Ganz ohne Hohn und Trauer bleibt in diesem Roman nichts, nicht einmal diese idyllische Schlußkonstellation.

Die klugen Voyeure

E LIANTE Nein, so ist Liebe nicht; sie möchte stets erhöhen
      Und ihren Gegenstand in schönstem Lichte sehen,
Kein tadelnswerter Zug wird ihren Blick verletzen,
Sie will begeistert sein, bewundern, rühmen, schätzen,
Den Fehler wird sie gern als Vorzug anerkennen
Und obendrein auch noch sehr schmeichelhaft benennen:
Die Fahle, Blasse ist schneeweiß, hell wie der Mond,
Die schwarze Hexe ist bezaubernd dunkelblond,
Die Dürre rank und schlank, ätherisch und poetisch,
Die Dicke voll erblüht, gesund und majestätisch,
Die Scheußliche, die nichts an Reizen offenbart,
Ist unkonventionell, interessant, apart,
Die Riesin göttergleich, ragt bis zum Wolkensaum,
Die Zwergin konzentriert den Reiz auf kleinstem Raum,
Die Hochmütige scheint von fürstlichem Geblüte,
Die Böse voller Geist, die Blöde voller Güte,
Die Plaudertasche ist in Stimmung früh und spät,
Die Stumme rührend schlicht, verschlossen und diskret . . .
Ein Herz in Flammen nimmt die Mängel nicht nur hin,
Es liebt sie gläubig mit – das ist der Liebe Sinn.

Wie wild, wie fremd sieht aller Liebeswahn aus, wenn der distanzierte, nüchterne Blick der Voyeure ihn trifft und die Kluft öffnet zwischen Normalität und Wahn. In Molières »Menschenfeind« sind es Philinte und Eliante, die mit kluger Bedenklichkeit darüber räsonieren, was wohl Freund Alceste, diesen Fundamentalisten der Tugend, fesselt an ausgerechnet die rasend kokette Célimène, die er bei jeder Begegnung wütend zurechtweist und ebenso wütend liebt. Nein, so widervernünftig, so absurd und destruktiv dürfe Liebe nicht sein, befinden sie, und in einer schönen Verskantilene sagt uns die belesene Eliante, frei nach Lukrez, das Ideal eines anderen Liebeswahns auf: Verklärend und verschönend sollte der Liebende sein Objekt entstellen. Wenn es schon unmöglich ist, was Ovid für ausgemacht hielt, zugleich »zu lieben und weise zu sein«.

Doch diese Hochvernünftigen und Weisen, Eliante und Philinte, werden nicht einmal den idealisierenden, den verrückten und verzückten Blick aufeinander brauchen, um sich schließlich für einen Ehebund zu wählen. Klug und besonnen, wenn auch etwas temperamentlos, erkennen sie an sich alle Qualitäten, die ein behagliches, vertrautes und treues Zusammenleben zu zweit garantieren. Das ist so vernünftig wie kaum ergiebig für die Literatur. Molière braucht (und mißbraucht) diese beiden eigentlich nur als Kontrastpaar zu seinen zwei Liebeswahnsinnigen.

Brangäne dagegen, Isoldes Amme und Vertraute, wird nicht nur als Zuschauerin, sondern dramatisch als Kupplerin eingesetzt. Sie sieht den Fall Tristan und Isolde resolut, pragmatisch, wie eine Krankheit edler Herrschaften, die sich klug kurieren läßt. Warum sollte ihre attraktive Herrin sich keinen Liebhaber gönnen neben ihrer dynastischen Vernunftehe? Solange ein Liebestrank wirkt, die Heimlichkeit gewahrt bleibt, das Intrigennetz dicht hält. »Habet acht«, läßt Wagner die freundliche Kupplerin dem verzückten Paar im Morgengrauen zusingen, worauf sich dann leider »Nacht« reimt, das Stich- und Losungswort für Tristan und Isoldes Liebesbündnis, das die Distanz wiederherstellt zwischen Wahn und Norm, zwischen der egozentrischen Verzückung der Liebes- und Todgeweihten und Brangänes Welt der kleinen schlauen Tricks und Schliche. In diese Nacht der Liebe kann der kluge Blick der Voyeure nicht dringen.

Ein lichtscheues Gesindel, diese Liebesnarren insgesamt, der Alltagsvernunft und -praxis entfremdet, vernarrt in ihre dunkle Liebe mehr noch als ineinander und vor allem herzlich desinteressiert an allem, was die Gattung durch Lust und Liebe doch erreichen möchte, an Nachkommenzeugung, Kinderaufzucht, am Fortbestand des menschlichen Geschlechts. Für das alles werden die klugen Voyeure schon sorgen und dennoch oder deshalb nicht aufhören, hinzustarren auf die andere, die zweckfreie und verantwortungslose Liebe um Liebe.

Sein Sie ein Mann, wenden Sie diese traurige Anhänglichkeit von einem Geschöpfe, das nichts tun kann als Sie be-
dauren. – Er knirrte mit den Zähnen, und sah sie düster an. Sie
hielt seine Hand: Nur einen Augenblick ruhigen Sinn, Werther, sagte sie. Fühlen Sie nicht, daß Sie sich betrügen, sich mit
Willen zu Grunde richten? Warum denn mich! Werther! Just
mich! das Eigentum eines andern. Just das! Ich fürchte, ich
fürchte, es ist nur die Unmöglichkeit mich zu besitzen, die
Ihnen diesen Wunsch so reizend macht. Er zog seine Hand aus
der ihrigen, indem er sie mit einem starren unwilligen Blicke
ansah. Weise! rief er, sehr weise! hat vielleicht Albert diese
Anmerkung gemacht? Politisch! sehr politisch! – Es kann sie
jeder machen, versetzte sie drauf. Und sollte denn in der weiten
Welt kein Mädgen sein, das die Wünsche Ihres Herzens erfüllte.

Albert, Lottes Bräutigam, an den Werther sie verloren hat
schon vor ihrer ersten Begegnung – Albert ist ein braver
Mann. Mit diesem Adjektiv ist er etikettiert worden, und das
zweimal, wenn die Erzählung ihn einführt. Brav – das bleibt
an ihm haften und mag damals, im Kontrast zu einem galan-
ten und durchtriebenen Adel, eine Auszeichnung, ein bürger-
licher Orden für einen vernünftigen und verläßlichen Menschen gewesen sein.

Der brave Albert also – Lotte streitet das nicht ab – hat offenbar in der finalen Phase von Werthers Passion eine »weise«
und »politische« (das heißt wohl: klug intrigante) »Anmerkung« zu diesem Liebesunglück gemacht. So distanziert, so
klug und etwas tückisch, als ginge ihn das gar nichts an, oder
doch nur als eine interessante Verirrung. Doch die »Anmerkung« »sitzt«, nicht nur in dem erbitterten Werther, sondern
als Widerhaken in der ganzen Geschichte, ja in jeder Geschichte, in der die »Unmöglichkeit zu besitzen« den Stachel,
den Reiz liefert, der eine Passion ins Imaginäre, in ein irdisches
Jenseits treiben kann. Denn erst die unmögliche (und damit
auch unverantwortliche) Liebe darf sich einbilden, daß sie
nicht »von dieser Welt« ist. So vermutet der kluge Voyeur.

Thomas Mann hat diesen Verdacht gut anderthalb Jahrhun-
derte später begierig aufgenommen, weitergetrieben und auf
Goethe selbst zurückgewendet. Denn in seiner »Lotte in Wei-
mar« ist ein ganzer Chor von Voyeuren damit beschäftigt, sich
die alte, weltbewegende Wetzlarer Affäre des Werther-Dich-
ters zurechtzulegen, aus einem Abstand von vierundvierzig
Jahren. Stimmführend im Chor ist es nun Lotte Kestner geb.
Buff selbst, eifervoll unterstützt vom Goethe-Adlatus Doktor
Riemer, die nachzusinnen beginnt über diese Unmöglichkeits-
Liebe, die zwar ein großes kleines Buch abwarf, doch im Inner-
sten wohl von Anfang an, unbewußt, halb bewußt, eine Liebe
zur Unmöglichkeit war.

Für sie, die gealterte Lotte, ist die Dreiergruppe von damals,
der brave Kestner, die Braut und der dazugeflogene Dritte, er-
starrt in einer verdächtigen Konstellation: da standen die
Männer und Freunde Arm in Arm und weideten sich gemein-
sam am Anblick der Braut, die der eine hat und der andere
mitgenießt, sich schadlos haltend. Das »Kuckucksei seiner
Liebe«, so Lotte, hätte er »in ein gemachtes Nest« gelegt. War
sie in dieser Goetheschen Werther-Liebe überhaupt gemeint,
diese Frage beschäftigt, bewegt und kränkt sie noch immer.
War dieses Unmöglichkeitsprojekt und profitable »Schmarut-
zertum« etwa, das beschäftigt den Doktor Riemer, seinen hin-
ter ihm sich verbergenden Autor und auch uns, von vornherein
eine literarische Aktion, »göttliches Schmarutzertum«, das
den »Verlust« Lottes schon mit einkalkuliert hatte für den Ge-
winn eines Romans?

Wer verliert, gewinnt, auf diese Formel wird später Sartre
sein Lebensprogramm bringen, als er es in »Les mots« kunst-
voll entziffert. Mit anderen Worten: Bleibe dein eigener Voy-
eur, halte dich schadlos. Darüber später mehr.

Und wenn ich mir nu der Lene ihren Baron ansehe, denn schämt es mir immer noch, wenn ich denke, wie meiner war. Und nu gar erst die Lene selber. Jott, ein Engel is sie woll grade auch nich, aber propper und fleißig un kann alles und is für Ordnung un fürs Reelle. Und sehen Sie, liebe Frau Nimptsch, das is grade das Traurige. Was da so rumfliegt, heute hier un morgen da, na, das kommt nicht um, das fällt wie die Katz immer wieder auf die vier Beine, aber so'n gutes Kind, das alles ernsthaft nimmt und alles aus Liebe tut, ja, *das* ist schlimm ...« ⟨...⟩

Aber die Dörr war schon aufgestanden und sagte, während sie den Gartensteig hinuntersah: »Gott, da kommen sie. Und bloß in Zivil, un Rock un Hose ganz egal. Aber man sieht es doch! Und nu sagt er ihr was ins Ohr, und sie lacht so vor sich hin. Aber ganz rot is sie geworden ... Und nu geht er. Und nu ... wahrhaftig, ich glaube, er dreht noch mal um. Nei, nei, er grüßt bloß noch mal, und sie wirft ihm Kußfinger zu ...⟨...⟩ Nei, so war meiner nich.«

Die glückliche, aber nur kurze Sommerliebe zwischen Baron Rienäcker und dem Volks- und Waisenkind Lene hat Fontane mit Stimmen und Blicken umstellt wie mit Spiegeln. Alle diese Zuschauer und Gutachter glauben Bescheid zu wissen, sehen voraus, was aus dieser schönen falschen, nicht sozialverträglichen Liebe nicht werden kann und statt dessen werden wird. Weil sie ähnliche Paare und Fälle kennen, weil es immer so gelaufen ist und laufen wird mit dem feinen Herrn und dem lieben Mädchen. Das entnimmt man den Kommentaren, ganz gleich ob sie aus Rienäckers Offizierskreisen kommen oder mit Volkes Stimme aus Lenes Ecke abgegeben werden. Eine Allerweltsgeschichte, so besagt der gemeinsame Befund, von A bis Z in ihrem Verlauf bekannt, da trotz aller schönen Abweichungen doch mit allen Vergleichsfällen vergleichbar.

Bleibt die Frage, warum Fontane sie dann erzählt und auch noch ausstattet mit diesem vielstimmigen Zeugnis, daß sie so gar nichts Besonderes sei, so vergleichbar und bis zu ihrem Ende vorhersehbar? Unter anderem wohl gerade, um zu zei-

gen, daß alle diese klugen Voyeure zwar Recht bekommen –
denn diese Liebe greift zwar tief, doch sie dauert nur kurz, und
wie üblich muß der Baron sich zurückziehen in eine reiche
Standesheirat –, daß aber Recht bekommen und recht haben
doch zweierlei ist. Die Voyeure nämlich begreifen, wie der
Chor im Drama, nur das Übliche und Allgemeine, nicht das
Besondere, obwohl sie es doch staunend ahnen. So Frau Dörr,
die auch mal was hatte mit einem Grafen, allerdings schon in
den Fünfzigern und »man ganz simpel und bloß immer kreuz-
fidel un unanständig«. So auch Bothos Offizierskameraden,
wenn sie sehen: »Rienäcker steht vor einer scharfen Ecke«,
weil er heiraten und sich trennen muß und wird aus Geld- und
Standesrücksichten und ihm das offenbar schwerer fällt als
anderen.

Sie erkennen also oder ahnen die Abweichungen vom
Schema dieser Art Liaison, die Dörr mit ihrem ordinären, doch
herzensguten Scharfblick und sogar die Herren Kameraden,
denen nicht entgangen ist, daß dieser Botho schwärmt fürs
Natürliche, eher weich ist und nachdenklich und die üblichen
Standesregeln und -normen nicht tief verinnerlicht hat. Aber
ihnen allen entgeht doch, was die Erzählung uns in einem
Reichtum von kleinen Gesten, Zeichen oder kurzen bedeu-
tungsvollen Wortsignalen sehen und wissen läßt: daß die soziale Außenansicht der Geschichte zwischen Lene und Botho
nicht wahr ist, sie nur unvollkommen erfaßt. Denn die beiden
sind aneinander »gebunden« – eines der Stichworte der Bin-
nengeschichte – und werden das bleiben, auch in der Trennung, obwohl nun gut untergekommen in sozial »richtigen«
Ehen, obwohl der Baron sogar in einem privaten Autodafé Lenes Briefhinterlassenschaft verbrannt hat: »Alles Asche. Und
doch gebunden.«

Dieser stille Skandal entgeht den Voyeuren. Doch genau das
falsche Richtige dieser Lösung, die zu keiner führt, ist Fontanes immer wieder neu sich entzündendes Thema.

Von Hause aus nämlich heiße ich Morhold. Aber ich habe diesen Namen nie geliebt, da er mich wild und heidnisch anmutete, und mit der Kutte habe ich denjenigen des dritten Nachfolgers Petri angezogen, also daß in der gegürteten Tunika und dem Skapulier nicht mehr der gemeine Morhold, sondern ein verfeinerter Clemens wandelt und sich vollzogen hat, was der heilige Paulus ad Ephesios mit so glücklichem Wort das ›Anziehen eines neuen Menschen‹ nennt. Ja, es ist der Fleischesleib gar nicht mehr, der im Wams jenes Morhold herumlief, sondern ein geistlicher Leib ist es, den das Cingulum umwindet, – ein Körper demnach nicht in dem Grade, daß mein früheres Wort, es ›verkörpere‹ sich etwas in mir, nämlich der Geist der Erzählung, ganz billigenswert gewesen wäre. Ich liebe dies Wort ›Verköperung‹ gar nicht sehr, da es sich ja vom Körper und vom Fleischesleibe herleitet, den ich zusammen mit dem Namen Morhold ausgezogen habe, und der allerwegen eine Domäne des Satans ist, durch ihn zu Greueln befähigt und erbötig, von denen man kaum begreift, daß er sich ihrer nicht weigert.

In Bernhard Sinkels Felix-Krull-Film, einem der vielen mehr oder minder glücklich scheiternden Versuche, Thomas Manns Sprachwelt in Bildfolgen zu übersetzen, taucht eine Szene auf, die frei dazu erfunden ist, die aber plötzlich den Mannschen »Geist der Erzählung« heraufbeschwört und mitten im Film auch erklärt, warum es so schwer bis unmöglich ist, diesen Erzähler zu verfilmen.

Felix Krull wird gerade durch das Hürchen Rozsa unentgeltlich in die Künste der Liebe eingeführt, und von diesen lebhaften Freuden dringen Geräusche in ein hochbürgerliches Treppenhaus, durch das ein Herr mit Spazierstock, sich Handschuhe überstreifend, hinabsteigt. Es ist Loriot als Thomas Mann oder genauer wohl Thomas Mann als Loriot, der vor der den kreatürlichen Lärm durchlassenden Tür stehen bleibt und das Ohr zu ihr hinabneigt, schockiert und doch fasziniert, um dann mit schon erheiterter Miene seinen Abstieg fortzusetzen. Genauer, auf eine mimische Pointe zugespitzt, läßt sich kaum zeigen, »verkörpern«, durch welches befremdet kühle, komische Medium Thomas Mann seine erotischen Erzählungen laufen läßt, im »Zauberberg« wie im Josephsroman, bis sich schließlich dieses Medium tatsächlich verkörpert, in dem Faustus-Erzähler Adrian Leverkühn und vor allem im Mönch Clemens, der mit Lust und Grauen, mit allen Dissonanzen des Voyeurismus die Geschichte des »Erwählten« erzählt, des aus einem doppelten Inzest hervorgegangenen Papstes. Eine Geschichte, so klagt er, »welche von Körpergreueln überbordet und entsetzlichen Beweis dafür bietet, wozu alles der Körper ohne Zagen und Versagen sich hergibt« ⟨...⟩

Gegen solche Greuel, gegen alle Verführungen des Fleisches und gegen allen Wahn, den die Begierde entzündet, hat er selbst seinen Mönchsleib »gegürtet« und damit säuberlich in eine obere und untere Hälfte abgeteilt. Doch als Erzähler ist er auf nichts neugieriger als auf dieses fremde, dieses physisch wie psychisch »untere« Leben. Erzählend wird er zum Voyeur und Gast in der »Domäne des Satans«, darf und will die Verirrungen und Verzückungen dort unten in der Vorstellung mindestens miterleben. Dabeisein in sicherer Distanz, mitfiebern, doch nur in der Imagination, Sympathie zeigen, als Mitleid und Mitgenuß, doch sich dabei schadlos halten an Leib und Seele – alle diese zweideutigen Freuden des Voyeurismus kostet der Mannsche Mönchserzähler aus.

Er darf mit seinen Figuren experimentieren, doch sie müssen handeln und leiden. Sie tragen die Kosten, er rechnet sie aus. Er weiß immer schon den Ausgang, sie ahnen nichts. Und das alles geschieht im augenzwinkernden Einverständnis mit dem Leser, dem lesenden Voyeur, der sich ja auch draußenhält und doch gern mitreißen läßt. Vor allem von der Vorstellung, was wäre wenn ... Wenn nämlich wir Lesenden dort unten im Text wären, verstrickt, blind, illusionär glücklich, bestraft oder gerettet, wie unsere Stellvertreter in der Fiktion.

Die schlimmen Kinder

S ie bohrten Loch auf Loch in den Marterleib ⟨der Puppe⟩ und
ließen aller Enden die Kleie entströmen, welche sie sorgfältig ⟨. . .⟩ sammelten, umrührten und aufmerksam betrachteten.
Das einzige Feste, was noch an der Puppe bestand, war der Kopf
und mußte jetzt vorzüglich die Aufmerksamkeit der Kinder er-
regen; sie trennten ihn sorgfältig los von dem ausgequetschten
Leichnam und guckten erstaunt in sein hohles Innere. Als sie
die bedenkliche Höhlung sahen und auch die Kleie sahen, war
es der nächste und natürlichste Gedankensprung, den Kopf mit
der Kleie auszufüllen, und so waren die Fingerchen der Kinder
nun beschäftigt, um die Wette Kleie in den Kopf zu tun, so daß
zum ersten Mal in seinem Leben etwas in ihm steckte. Der
Knabe mochte es aber immer noch für ein totes Wissen halten,
weil er plötzlich eine große blaue Fliege fing und, die sum-
mende zwischen beiden hohlen Händen haltend, dem Mädchen gebot, den Kopf von der Kleie zu entleeren. Hierauf
wurde die Fliege hineingesperrt und das Loch mit Gras ver-
stopft.

*Man stelle sich vor: Gottfried Keller geht ins Kino und sieht,
wie durch »Shakespeare in Love« das dramatische Gedicht von
Romeo und Julia entstanden ist. Aber natürlich versteht Keller
im Kino kein Wort, begreift kein Bild und schon gar nicht deren rasende Folge, den Wirbel der Schnitte, und falls er als Vor-
gabe noch zwanzig Minuten Reklameclips angestarrt hat, in
denen sich im Namen von Bacardi oder Bodylotion – lesen kann
er ja – auch Häute reiben und nackte Körper wälzen, würde er
vielleicht den Shakespeare-Trubel und diesen und überhaupt
alles für ein und dasselbe halten – und hätte ja recht.*

*Woraus nicht mehr hervorgeht, als daß zwischen Gottfried
Keller und uns offenbar mehr Zeit schneller vergangen ist
als zwischen der elisabethanischen Tragödie und ihm. Deren
Grundbedingungen versucht er in seiner Schweizer Dorfver-
sion für Romeo und Julia streng zu erhalten: Es müssen zwei
Kinder, von Liebe ergriffen, zum ersten Mal, elementar und
animalisch, durch den Haß ihrer Familien auseinander gezwungen und zueinander getrieben werden. Doch der Druck*

DER HOHLE KOPF

und Haß in Kellers realistischer Dorfwelt wird genauer, finsterer motiviert als der vor Übermut sprühende Streit zwischen den Häusern Capulet und Montague in Shakespeares phantastischem Verona. Es geht um einen herrenlosen Acker, um Gier und Geiz und um eine Ehre, die nur noch am Eigentum haftet. Dieser neue ökonomische Druck entstellt die Väter, reibt die Familien auf und macht die beiden Kinder Vreeli und Sali gespenstisch einsam in ihrer frühen Neigung zueinander, die sie jäh wieder entdecken, als sie einen von Blitz und Donner umtobten Ringkampf der Väter trennen sollen. Doch nach dieser Scheitelszene seiner Novelle beginnt Keller seine Welt nicht etwa säuberlich zu spalten, in eine der reinen Liebe der Kinder und eine der Gewalt und dumpfen Verkommenheit. Vielmehr läßt er Schritt um Schritt auch die beiden jungen ratlos Liebenden mitsamt ihrer Welt ins Dunkel sinken.

Sie haben sich auch nicht wie Romeo und Julia auf einem Maskenball, in poetischer Trance entdeckt, sich lust- und kunstvoll mit verteilten Rollen ein feierliches Sonett zusprechend. Ihr erstes gemeinsames Ritual, die Zerstörung einer Puppe auf den Äckern ihrer Väter, liest sich düsterer, rätselhafter als der Versglanz ihrer elisabethanischen Vorläufer. Was mögen sie suchen in dieser zerlegten Puppe? Was hören sie, wenn sie dem von einer Fliege durchsummten Puppenkopf lauschen wie »einem weissagenden Haupte«, voll von »Kunden und Märchen«?

Es wird ihnen umheimlich dabei, uns auch, und sie begraben eilig Kopf samt Fliege, diesen toten und doch lebendigen Fetisch. Sie werden ihn vergessen, wir nicht, wenn wir ihre trotzige, klägliche Liebe weiter verfolgen, schließlich zusammengedrängt auf einen einzigen, lang erzählten Tag, bis sie nach einer Brautnacht auf einem dahintreibenden Heuschiff ins Wasser sinken, »zwei bleiche Gestalten, die sich fest umwanden«.

MELCHIOR
Ich glaube nicht, daß je ein Kind dadurch besser wird.

WENDLA Wodurch besser wird?

MELCHIOR Daß man es schlägt.

WENDLA – Mit dieser Gerte zum Beispiel! – Hu, ist die zäh und dünn.

MELCHIOR Die zieht Blut!

WENDLA Würdest du mich nicht einmal damit schlagen?

MELCHIOR Wen?

WENDLA Mich.

MELCHIOR Was fällt dir ein, Wendla!

WENDLA Was ist denn dabei!

MELCHIOR O sei ruhig! – Ich schlage dich nicht.

WENDLA Wenn ich dir's doch erlaube!

MELCHIOR Nie, Mädchen!

WENDLA Aber wenn ich dich darum bitte, Melchior!

MELCHIOR Bist du nicht bei Verstand?

WENDLA Ich bin in meinem Leben nie geschlagen worden!

MELCHIOR Wenn du um so etwas bitten kannst ...!

WENDLA Bitte – bitte –

MELCHIOR Ich will dich bitten lehren – *(Er schlägt sie.)*

Wendla Bergmann, vierzehn, sollte eben noch an den Klapperstorch glauben. In ihrem mißglückten Aufklärungsversuch kommt dann ihre Mutter so weit, daß man sich also »von ganzem Herzen« lieben muß und verheiratet sein, damit Kinder kommen. Aber höchst unbewußt ist Wendla schon viel weiter, wenn sie darüber nachsinnt, wie das wohl wäre, geschlagen zu werden, wie Freundin Martha von ihren Eltern, wenn sie Melchior Gabor an einem sonnigen Nachmittag im Wald auffordert, es mit ihr zu versuchen. Was er, obwohl schon gründlich aufgeklärt und bemüht zynisch, nicht wagen will, aber dann doch. Bis er sich mit dem Satz: »Wart' Hexe, ich will dir den Satan austreiben!« prügelnd und tränenüberströmt auf das entsetzte Mädchen stürzt.

Eine »Kindertragödie« nennt Wedekind 1891 sein Stück vom »Frühlings Erwachen«, in dem ein Junge Selbstmord be-

geht und Wendla Bergmann nach einer verpfuschten Abtreibung stirbt. Die Kinder passen nicht in die Welt der Erwachsenen, in der das Frühlings Erwachen der Sexualität abgewehrt oder abgewürgt wird, mit Schweigen, Verboten, Strafen. So arbeiten sie sich auf eigenes Risiko, wirr oder entschlossen experimentierend, in das Tabu-Gelände. Melchior Gabor hat eine zwanzigseitige Einführung in das Geschlechtsleben erarbeitet, mit lebensgroßen Abbildungen der dabei beteiligten Organe. Um den eigenen Erkenntnisschock zu bewältigen, hat er sich ausgerüstet mit einer nietzscheanisch destruktiven Kritik aller Moral. »Es gibt keine Aufopferung! Es gibt keine Selbstlosigkeit!« verkündet er Wendla Bergmann, die gern mit milden Gaben zu den Armen geht. Und noch, bevor er sie dann unter sich ins Heu wirft, muß er sie belehren: »O glaub' mir, es gibt keine Liebe! – Alles Eigennutz! Alles Egoismus!«

Die Jungen schwärmen, philosophieren, onanieren, die Mädchen kichern, rätseln und sind noch ratloser. Wendla Bergmann wollte durch diesen Sommer zum letzten Mal noch in kurzen Kleidern laufen dürfen, mit nackten Beinen. Bevor sie im nächsten Jahr ihren Körper endgültig in einem »Bußgewand« verbergen muß. Doch sie hat sich vorgenommen: »Wenn ich mein Bußgewand trage, kleide ich mich darunter wie eine Elfenkönigin . . . Es sieht's ja dann niemand mehr.« Doch zu dieser Spaltung zwischen Schein- und Wunschfigur wird es für sie nicht mehr kommen. Sie stirbt an den Folgen ihres ersten Liebesakts, mit einem, der an keinen Storch und an keine Liebe mehr glaubt, und diesen jungen Freidenker will Wedekind begnadigen, ja erlösen.

Melchior Gabor wird im feierlich grotesken Nachspiel auf einem Friedhof aus seiner Krise gerettet und auserwählt zum Überleben jenseits der rigiden bürgerlichen Moral. Der Autor hat diese Rolle des Erlösers, des »Vermummten Herrn« für sich entworfen und in der Uraufführung auch selbst gespielt. Undenkbar offenbar für Wedekind, den nur halben Aufklärer, daß eine vermummte Dame den Knaben Melchior zu sinnlicher Vernunft bekehren könnte.

us dem Tode«, stammelte er, »sind wir geboren und sind seine Kinder. In ihm, du süße Braut, ergib dich dem Todesbruder und gewähre, was Minne als Minneziel begehrt!«

Dann murmelten sie, was man nicht mehr verstand und gar nicht verstehen soll:

»Nen frais pas. J'en duit.«

»Fai le! Manjue, ne sez que est. Pernum ço bien que nus est prest!«

»Est il tant bon?«

»Tu le saveras. Nel poez saver sin gusteras.«

»O Willo, welch Gewaffen! Ouwê, mais tu me tues! Oh, schäme dich! Ganz wie ein Hengst, ein Bock, ein Hahn! O fort! Oh, fort und fort! O Engelsbub! O himmlischer Gesell!« –

Die armen Kinder! Bin ich froh, daß ich mit der Liebe nichts zu schaffen habe, dem tanzenden Irrlicht überm Moor, der süßen Teufelsmarter.

Mönch Clemens alias Thomas Mann erzählt eine schlimme Geschichte mit herrlichem Ausgang, denn er wird uns (und wohl auch sich) zwischendurch immer wieder versichern, daß er sie nur wegen ihres herrlichen Endes erzählt, immer nur fromm den Blick darauf gerichtet, daß schließlich aus dem Schlamassel eines doppelten Inzests, erst eines Zwillingspaars, dann ihres Kinds mit seiner Mutter und also auch Tante –, daß daraus als wunderbar erwählter Sünder ein Papst hervorgeht. Doch erkennbar, auch für den doppelten Erzähler selbst, ist er mindestens ebenso fasziniert von der schlimmen, komisch greulichen Vorgeschichte dieses glücklichen Ausgangs.

Die armen Kinder! sind ja so unschuldig keineswegs, wie der Mönch sie uns hier aufschwätzen will. Der Knabe, der gleich seine Schwester bespringen wird, weiß frühreif, was Thomas Manns Liebesromantiker, ob Hans Castrop oder Aschenbach oder Joseph, allesamt wissen, daß nämlich die Liebe und der Tod miteinander verbündet sind. Dafür hat er die allerkonkretesten Gründe. Denn erstens ist bei der Geburt der Zwillinge die Mutter gestorben, zweitens ist eben, in ihrer schlimmen Hochzeitsnacht, auch ihr Vater verschie-

den, und schließlich hat der Junge noch einem störend auf-
heulenden Wachhund die Kehle durchgeschnitten und ist
naß von Blut.

Das wären Vorzeichen genug. Doch Thomas Mann hat
schon ein halbes Jahrhundert zuvor in »Wälsungenblut«, also
im Zeichen Wagners, eine andere Inzestgeschichte unter Zwil-
lingen erzählt und kann also seinem Sprachrohr Clemens ein-
flüstern, was das Schlimmste, das Tödliche an solcher Ge-
schwister- und vor allem Zwillingsliebe ist: daß in ihr jeder im
Anderen nur sich selbst liebt und wählt, daß diese beiden also
sich genau genommen gar nicht »fort«pflanzen werden und
wollen, sondern nur narzißtisch ineinander verschmelzen. Als
wollten sie die fortpflanzungswütige Natur zum Stillstand
zwingen, in einen feierlichen Tod.

Damit wird den nun wirklich armen Kindern beispielhaft
viel zugemutet, und es wird die beiden Erzähler einen ziem-
lichen Aufwand an Laune und Humor kosten, um ihre Geschichte nicht unter der Last ihrer Bedeutung zusammenbrechen zu lassen. Sie müssen sie also über diesen ersten Inzest
weitertreiben in den nächsten, in dem das Kind der Zwillingsliebe die Mutter beschläft, um mit ihr seine eigenen Nichten
zu zeugen, die zugleich ihre Enkelinnen sind. In einer Hochzeitsnacht, in der Mönch Clemens nicht mehr so nah mit Aug
und Ohr dabei ist, sondern sich begnügt mit einem formelhaf-
ten: »Da suchte Grigorß Sibylla heim, und knallende Brände
leuchteten in ihr Gemach, da wurden sie Mann und Frau.«

Das klingt, trotz und wegen der knallenden Fackeln, düsterer, solemner als die erste Nacht der schlimmen Kinder, die
mit Dialog und Wehgeschrei, mit einer wüsten Mischung aus
Mittelhochdeutsch und Fetzen Altfranzösisch handgreiflich
inszeniert wird, obszön direkt, was aber erst ein Wörterbuch
entschlüsseln könnte. Dabei sollen wir sein und weit weg bleiben, um nicht zu verstehen, »was man gar nicht verstehen
soll«. Außer: daß ja alles planmäßig gut ausgehen wird und
eines der schlimmen Kinder den Sohn und Geliebten wieder-
sehen wird als den Erwählten, den Papst.

Sie zitterte und zuckte, als ich den Winkel ihrer geöffneten Lippen und ihr heißes Ohrläppchen küßte. Ein Haufen Sterne glühte blaß zwischen den Silhouetten der langen dünnen Blätter über uns; der vibrierende Himmel schien so nackt zu sein wie sie selbst unter ihrem leichten Kleid. Ich sah ihr Gesicht in diesem Himmel, seltsam deutlich, als strahle es einen ihm eigenen schwachen Glanz aus. Ihre Beine, die liebreizenden, lebendigen Beine waren nicht zu dicht beieinander, und als meine Hand fand, was sie suchte, kam ein träumerischer, unirdischer Ausdruck, halb Lust, halb Schmerz, in ihre kindlichen Züge. Sie saß etwas höher als ich, und sooft es sie in ihrer einsamen Verzückung dazu drängte, mich zu küssen, senkte sie den Kopf mit einer schläfrigen, sanften, matten Bewegung, die fast märtyrerhaft war ⟨...⟩

Dreizehn sind diese beiden verwöhnten und behüteten Kinder an der französischen Riviera im Sommer 1923 und plötzlich »wahnsinnig, unbeholfen, schamlos ineinander verliebt«. Das ist schlimm eigentlich nur, weil es schlimm ist für die besorgten Eltern und Aufsichtspersonen, die es den beiden unmöglich machen, »sich so zu paaren, wie Slumkinder es können, die leicht eine Gelegenheit finden«.

Wäre das alles, dann ließen sich die kläglichen Paarungsversuche der beiden – drei ruft sich der Erzähler in Erinnerung – leicht erzählen als schräge, schrille Grotesken. Doch kaum ist der letzte und fast erfolgreiche dieser »schamlosen« und »unbeholfenen« Liebesakte wieder in Szene gesetzt worden – am Strand war das, am Meer, »im violetten Schatten einiger roter Felsen, die eine Art Höhle bildeten« –, da hören wir die entscheidende, dunkle Pointe dieser frühreifen Liebe: »Vier Monate später starb sie auf Korfu an Typhus.«

Darum wird die Sinnlichkeit dieser Szenen so zwielichtig, so giftig und tödlich aufgeladen. Denn der Roman, Nabokow und sein vorgeschobener Erzähler Humbert Humbert, sie erinnern das alles nicht absichtslos, sondern zielbewußt. Sie wollen etwas beweisen: daß nämlich in dieser »Annabel-Phase« durch die schwüle, unerfüllte Liebe zu einer Dreizehnjährigen Hum-

bert Humbert lebenslang geprägt wurde zum Nymphchenjäger und besessenen Liebhaber einer wieder dreizehnjährigen
Lolita, die er ein Vierteljahrhundert später endlich finden
wird. Deshalb also werden diese drei Szenen einer hilf- und
schamlosen Passion unter Kindern mit einem Raffinement der
Wort- und Sinnreize, der rhythmischen Sprachbewegung erzählt, das sie befreit von aller Gefahr, mißverstanden zu werden als softpornographisch, doch ihnen zugleich alle Unschuld
nimmt. Denn so festlich, so literarisch hoch aufgerüstet würden sich Slumkinder kaum im Liebesspiel balgen. Hier, in
Humbert Humberts Sprachspiel mit einem herrlichen frühen
Unglück, wird alles zur Bühne, zum Requisit, muß mitspielen,
um die Erregung der beiden Kinderleiber zu steigern, zu ent-
grenzen: der warme, weiche Sand und das kühle, salzige Meer
und als Liebesgrotte, alter mythischer Schutzort der Liebe, die
eine violett schimmernde Höhle bildenden roten Felsen.

Bis schließlich, in der zuletzt erzählten und hier zitierten
Szene, in einem nächtlichen Mimosenhain, das Himmels-
firmament samt Sternen sich als Dach über die liebessüchti-
gen Kinder spannt. Da hinauf projiziert die Erinnerung Humbert Humberts das Gesicht seiner längst toten »Ur-Elfe« wie
ein Sternbild, nachdem er vorher schon den nackten Himmel
zusammengesehen hat mit ihrer Nacktheit unter dem leichten
Kleid. »Träumerisch, unirdisch« bewegen sich nicht nur Gesicht und Glieder dieser unvergeßlichen Toten, sondern so operiert auch Nabokows Prosa. Bewußt und trancehaft treibt
sie zu auf den Schluß aus allem und zu allem: »Dieser Mimosenhain, der Sternschleier, das Prickeln, die Flamme, der Ho-
nigtau und die Qual bleiben in mir.« Um Annabel wieder
auferstehen zu lassen als Lolita. Um eine schlimme Kindheit
zu verstehen als Vorgeschichte eines späteren Glücks und
Unglücks.

Wut, Scham, Empörung, Enttäuschung und eine halb komisch, halb schmerzhaft beginnende Versteifung meines Gießkännchens unter dem Badeanzug, ließen mich Trommel und beide Trommelstöcke um des einen, mir neu gewachsenen Stockes vergessen.

Oskar sprang auf, warf sich Maria zu. Die fing ihn auf mit ihren Haaren. Er ließ sich das Gesicht zuwachsen. Zwischen den Lippen wuchs es ihm. Maria lachte und wollte ihn wegziehen. Ich aber zog immer mehr von ihr in mich hinein, kam dem Vanillegeruch auf die Spur. Maria lachte immer noch. Sie ließ mich sogar bei ihrer Vanille, das schien ihr Spaß zu machen, denn das Lachen gab sie nicht auf. Erst als mir die Beine wegrutschten, und ihr mein Wegrutschen Schmerzen bereitete – denn die Haare ließ ich nicht los oder die ließen mich nicht – erst als die Vanille Tränen in die Augen preßte, als ich schon Pfifferlinge oder sonst was Strenges, nur keine Vanille mehr schmeckte, als dieser Erdgeruch, den Maria hinter der Vanille verbarg ⟨...⟩ mich für alle Zeiten mit dem Geschmack der Vergänglichkeit verseuchte, da ließ ich los.

Von Maria Truczinski, Ladenmädchen und Haushaltshilfe bei Vater Matzerath, entwirft der Blechtrommel-Erzähler Oskar ein ausführliches, über drei Seiten sich ausbreitendes Erscheinungs- und dann Charakterbild, detailreich, kühl und doch behäbig, epische Porträtkunst im Stil des 19. Jahrhunderts. Warum, fragt er am Ende treuherzig, »dieses umständliche Eingehen auf die Backenknochen, Augenbrauen, Ohrläppchen, Hände und Füße eines jungen Mädchens?« Denn auch er halte ja nichts von »dieser Art Menschenbeschreibung«. Aber, so der nachgeschobene Grund: »Maria war Oskars ⟨...⟩ erste Liebe.«

Mit Liebe im Sinn des 19. Jahrhunderts freilich ist dieses präzise Menschenbild nicht gemalt. Marias Kopf, Körper, Fleischlichkeit, diesseits oder jenseits aller Schönheitsideale, und dazu ihre kleinbürgerliche Patentheit und Beschränktheit sind die Botschaften dieses Porträts, das sich keinerlei Liebesergriffenheit anmerken läßt. Mit dieser Maria wird Oskar die

Karikatur dessen vollziehen, was einst die Dienstbotenliebe des jungen Herrn war. Die groteske Pointe dabei: ein von Wuchs und Gemüt Dreijähriger, der aber inzwischen sechzehn ist, ein hochpotentes Kleinkind also betreibt seine und auch des Mädchens sexuelle Initiation.

Das steigert und das verharmlost die Obszönität der dafür eingesetzten Rituale. Brausepulver mit Waldmeistergeschmack, zum Brausen gebracht mit Spucke auf Marias Handteller, bringt auch die ganze Maria in Wallung und Klein-Oskar auf die Fährte zu den geheimnisvollen Vanilledüften ihres Leibs. Ein Kindervergnügen führt zu Erwachsenenlust, ein harmloser Scherz zu verbissenem Ernst, und das alles im friedlichen Trubel einer sommerlichen Badeanstalt, dem Gegenort zu den üblichen Stätten früher Verführung, der Nachmittagsmatratze, dem Waldrand oder Getreidefeld.

Doch da bleibt trotz Witz und Heiterkeit ein Rest von Trauer, ja auch von Ekel in Oskars Paarungsversuchen und ihrer Nacherzählung. Der junge Grass, obwohl er anschreibt gegen die duckmäuserische Sexualmoral der fünfziger Jahre, denkt nicht daran, des Fleisches Sinnlichkeit zu feiern mit dem Elan der frühen Romantik, der französisch inspirierten Teutonen an der Wende zum 20. Jahrhundert oder mit dem humoristischen Bombast eines Henry Miller. Daß Fleisch ein verweslicher Stoff ist, weiß er wie Oskar seit dem Tod seiner Mutter. Dagegen hilft kein Schwärmen für den aseptischen Charme von Krankenschwestern und auch nicht die scheinbar harmlose Liebesbalgerei mit Maria. In diesem alten Kind sitzt tief ein Schrecken vor Vergänglichkeit. Jäh taucht das Wort auf am Ende der Bespringungsszene in der Badekabine.

Wenn Oskar mit »die Ohnmacht zu Frau Greff tragen« seine sexuelle Karriere fortsetzt, wenn er im modrigen Schoßbereich der Greff seine Schnüffeleien und die Aktionen seines »elften Fingers« und »dritten Trommelstocks« steigert, parallel zu den im russischen Schlamm steckenbleibenden Aktionen der Wehrmacht, so steigern sich gegenseitig auch Lust und Grauen. Der Modergeruch hinter aller Vanille, an Maria entdeckt, wird Oskar nicht mehr verlassen.

Entweder – Oder

DESPINA Seid ihr Frauen oder nicht?

FIORDILIGI Und was heißt das?

DESPINA Das heißt: ihr sollt als Frauen handeln.

DORABELLA Und wie?

DESPINA Die Liebe treiben »en bagatelle«.

Keine hübsche Gelegenheit auslassen, beizeiten umsteigen, beizeiten treu sein, kokettieren mit Anmut, jedem Mißgeschick zuvorkommen, das nicht ausbleibt, wenn man sich einläßt mit einem Mann. Genießt die Feige, beißt in den Apfel.

FIORDILLIGI Pfui Teufel! Tu das, wenn du's nicht lassen kannst.

DESPINA Ich tu's ja. Aber ich möchte, daß auch Ihr, zum Ruhme des schönen Geschlechts, es ein wenig so treibt. Zum Beispiel: da nun Eure beiden Ganymeds in den Krieg gezogen sind, so handelt, bis sie zurück sind, militärisch: rekrutiert!

DORABELLA Davor bewahre uns der Himmel.

DESPINA Wir sind auf Erden, nicht im Himmel.

Die beiden jungen Damen in da Ponte/Mozarts »Così fan tutte« möchten ihren nur scheinbar in den Krieg gezogenen Verlobten durchaus treu sein, halten das aber, unter dem Druck eines an ihnen vollzogenen Liebesexperiments, nicht einen einzigen Tag durch. Doch Zofe Despina beweist ihnen und uns in immer neuen Attacken, daß es da unten, wo sie herkommt, die feine Qual zwischen einer entweder hohen, entbehrungsreichen oder einer niederen, rasch konsumierenden und konsumierten Liebe ohnehin nie gab.

Volkes Stimme und eine vom Lande wohl auch: zu ihren Arien läßt Mozart im Orchester Bauernmusik anklingen, Drehleier, Dudelsack und den damals noch derb gestampften deutschen Drehtanz, den Walzer. Derb und laut ist auch, was Despina verkündet. »Così fan tutti« heißt ihre Losung, in Umkehrung von da Pontes Titel: Die Männer nämlich treiben es so, nehmen die Liebe »en bagatelle«, als Abwechslung und mit Abwechslung, rein zum Vergnügen. Was unbequem wird oder gar quält, so doziert sie, kann Liebe nicht mehr sein. Nur

Wahnsinnige – pazzi – können es so weit kommen lassen. Und mit solchen Wahnsinnigen hat sie es ja hier zu tun. Sie müssen aus dem Himmel ihrer Ideale heruntergegängelt werden zur irdisch gesunden, zynischen Liebe, die weder in Theorie noch Praxis der Tradition von Platon oder Petrarca folgt.

Daß auch und gerade in der Liebe alle Ideale nichts taugen, werden später auch Brechts antibürgerlich aufgemotzte Hurenmädchen singen. Hier aber fällt ins Auge, daß Despinas Strategie einer Anpassung an den machismo für ein Lustprogramm wirbt, nach dem in Mozarts Nachbaroper Don Giovanni liebt und lebt. Ihn sind wir geneigt für den herrlichen, wenn auch furchtbaren Dämon anarchischer Erotik zu halten, Despina dagegen für ordinär, wenn sie hell bis schrill, mit selbstbewußt aufkrähender Stimme agitiert und intrigiert.

Aber schließlich ist sie es, die im Bunde mit dem »Philosophen« Don Alfonso den beiden Damen ihre Liebesideale, ja ihre Liebesgewißheit verwirrt und schließlich zerstört. Von oben also und von unten, mit ordinärer Volksvernunft und der Skepsis destruktiver Aufklärung werden die jungen Liebesherrschaften in die Zange genommen, gefoltert und ernüchtert. Zu Despinas »Genießt die Feige, beißt in den Apfel«-Philosophie sind sie am Ende kaum bekehrt. Zurück aber zu ihren Illusionen unanfechtbar treuer, beständiger Liebe führt kein Weg mehr.

Wie die hohe Liebe sich wehrt bis zuletzt gegen ihre Erniedrigung, zeigt Mozarts Musik. Daß sie aber nicht mehr ganz glaubt, was sie so schön singt und bekennt, zeigt Mozart widerwillig und wahrhaftig auch. Doch Despinas drahtige Stimme, auch und gerade wenn sie recht haben sollte mit allem, was sie rät und behauptet, soll doch nicht das letzte Wort, den letzten Ton behalten.

Ein Mädchen, das Rosen und andere Blumen herumtrug, bot ihm ihren Korb dar, und er kaufte sich einen schönen Strauß, den er mit Liebhaberei anders band und mit Zufriedenheit betrachtete, als das Fenster eines, an der Seite des Platzes stehenden, andern Gasthauses sich auftat, und ein wohlgebildetes Frauenzimmer sich an demselben zeigte. Er konnte ohngeachtet der Entfernung bemerken, daß eine angenehme Heiterkeit ihr Gesicht belebte. Ihre blonden Haare fielen nachlässig aufgelöst um ihren Nacken, sie schien sich nach dem Fremden umzusehen. Einige Zeit darauf trat ein junger Mensch, der eine Frisierschürze umgegürtet, und ein weißes Jäckchen an hatte, aus der Türe jenes Hauses, ging auf Wilhelmen los, begrüßte ihn und sagte, das Frauenzimmer am Fenster läßt Sie fragen, ob Sie ihr nicht einen Teil der schönen Blumen abtreten wollen? ⟨...⟩

Nachdenkend über dieses artige Abenteuer ging er nach seinem Zimmer die Treppe hinauf, als ein junges Geschöpf ihm entgegen sprang, das seine Aufmerksamkeit auf sich zog. Ein kurzes seidnes Westchen mit geschlitzten spanischen Ärmeln, knappe, lange Beinkleider mit Puffen standen dem Kinde gar artig. Lange schwarze Haare waren in Locken und Zöpfen um den Kopf gekräuselt und gewunden. Er sah die Gestalt mit Verwunderung an, und konnte nicht mit sich einig werden, ob er sie für einen Knaben oder für ein Mädchen erklären sollte.

Wilhelm Meister werden in seinem Roman die Frauen und Mädchen in Serie entgegengeschickt und angeboten, als wäre die ganze Welt ein Schmerzens- und Freudenhaus, in dem er alle Variationen von Liebeserwartung und Liebesenttäuschung durchkosten soll, denn Meister sollte ja besser Schüler heißen. Doch obwohl er sich neugierig durchliebt durch das reichliche weibliche Angebot, lernt er nur langsam und wenig. So schwer und so leicht wie in diesen zwei kurz hintereinander geschalteten Szenen, die ihm erst Philine, die Blonde und Leichtsinnige, dann Mignon, so dunkel wie verschlossen, vor Augen führen, wird es ihm selten gemacht. Denn hier ist alles auf einen klaren Gegensatz, auf ein Entweder-Oder gestellt.

PHILINE GEGEN MIGNON

*Appetitlich wie in einem Bilderrahmen erscheint zunächst
die hübsche Schauspielerin im offenen Fenster, erfaßt von Wilhelms nach oben gerichtetem Blick, und wie wir aus den Indi-
zien schließen können – dem nachlässig auf die Nackenhaut
fallenden Haar, dem Sendboten mit der Frisierschürze – ist sie
noch lange nicht fertig mit der Morgentoilette, umgibt sie noch
ein Duft von Haut und Schlaf. Aber in ihrer »angenehmen
Heiterkeit« ist sie schon aufgelegt zu einer Anbandelei, und
daß Goethe mit dem dazu gesandten Knaben (Friedrich, der
Philine viele Bücher später heiraten wird) auch den Kuppler
Amor meinte, dürfen wir vermuten.*

*So zugänglich die eine, so verschlossen die andere, fest ein-
geschlossen schon in ihr Kostümchen, keineswegs sich darbie-
tend, sondern vorüberhuschend, treppabwärts, wie auf der
Flucht. Um Philine schien alles hell und etwas liederlich, hier
ist alles dunkel und streng, die spanischen Ärmel, das zu Mu-
stern gewundene Haar, und dunkel zunächst sogar das Geschlecht des »jungen Geschöpfs«. Das Wilhelm aber dann doch
als Mädchen anredet und fragt, ob sie zu der Gauklertruppe in
der Stadt gehöre. Keine Antwort, nur ein »scharfer schwarzer
Seitenblick«. Verweigerung und Geheimnis werden Mignons
Wahrzeichen bleiben, aber dazu, schön dissonant, bald eine
geradezu magnetische Anhänglichkeit an Wilhelm.*

*Entweder-Oder: Um Philines Soubretten-Heiterkeit flirrt
noch etwas von der Erotik des Dixhuitième, das falsche Puder,
die List und das Spiel, ein Vertrauen darauf, eine Lust daran,
daß die Triebe sich hübsch gängeln lassen. In Mignon aber
spukt schon Geist und Fleisch der Romantik, und Goethe, dieser Klassiker mit und wider Willen, scheint ihr nicht weniger
verfallen als Wilhelm. Wofür das Unglückskind am Ende von
seinem Autor zum Tode verurteilt wird. Nur Wilhelm wird sich
zwischen Entweder-Oder nie entscheiden können. Als er
schließlich doch eine Nacht mit Philine im Bett zubringt, will
er davon nichts gewußt haben. Als er sich, mehr gedrängt als
überzeugt, vorschnell verlobt, bricht er Mignon buchstäblich
das Herz.*

Fräulein de La Mole zeigte sich an ihrem Fenster. Er hielt blitzschnell seinen Brief hoch, und sie nickte mit dem Kopf. Alsbald lief Julien so schnell er konnte in sein Zimmer, und auf der Treppe begegnete er wie zufällig der schönen Mathilde, die seinen Brief mit vollendeter Unbefangenheit und lachenden Augen entgegennahm.

Wieviel Leidenschaft lag doch in den Augen der armen Frau de Rênal, dachte Julien, wenn sie, selbst nach einem halben Jahr intimer Beziehungen, von mir einen Brief entgegenzunehmen wagte! Nie im Leben, glaube ich, hat sie mich mit lachenden Augen angeblickt.

Stendhal hat seinen Julien Sorel zwischen zwei Frauen postiert, wie man sie sich gegensätzlicher kaum vorstellen könnte. Tief in der Provinz ist es Julien gelungen, die fromme, scheue, zarte Madame de Rênal zu verführen. Dann wird er im Paris der Salons und Adelscliquen von dem hochfahrenden, theatralischen Fräulein de La Mole selbst hineinverführt in eine Passion, die sie inszeniert als hochdramatischen Roman, der beide durch immer neue Temperaturschwankungen, Hitze- und Kältewellen treibt.

Steht also hier Liebe als Hingabe gegen ein egozentrisches Leidenschaftsspektakel? So entschieden, so klar als ein auf Entweder-Oder pointiertes Angebot an seinen Protagonisten hat Stendhal seinen Roman nicht angelegt. Er sieht und erzählt, wie auch die kühle Mathilde während ihrer Affäre immer wieder schmilzt in Zärtlichkeit, wie auch die Provinzmadonna de Rênal ihre Skandalliebe zu dem jungen Hauslehrer entschlossen zu schützen weiß mit riskanten Lügen und Intrigen. Herzliche Liebe also und die Lust an der Passion, beide verwandeln die davon ergriffenen Frauen. Ihre Charaktere, erst so fest umrissen, scheinen sich unter dem Druck der Verhältnisse aufzulösen.

Und Julien? Über lange Strecken des Romans hat er gar keine Chance, zu wählen zwischen Herzdame und Amazone, Glück im Winkel und Glanz im Salon, weil beide Verführungsgeschichten hintereinander geschaltet sind. Und doch wird er, als die Affäre mit der glänzend schönen Mathilde auf ihren ersten Höhepunkt, auf den sexuellen Vollzug zutreibt, sich immer wieder zurückerinnern an sein Glück mit der anderen, mit der nun »armen Frau de Rênal«. Die Vergangenheit ist in ihm nicht ausgelöscht, er vergleicht die beiden Frauen, die Seligkeit damals und seine neue Gier nach Glanz, Macht, Erfolg.

Dieses Entweder-Oder wird sich schrecklich wiederbeleben, wenn Julien schließlich versucht, die arme Frau de Rênal, die sein Verhältnis mit dem Fräulein de La Mole denunziert hat, aus dem Leben zu schießen. Der Schuß soll ihn von seiner Vergangenheit trennen, soll das Entweder-Oder zwischen zwei Frauen gewaltsam entscheiden. Aber er kostet nicht Frau de Rênal, sondern Julien das Leben. Doch vorher zwingt er den Helden in den letzten Wochen seines Lebens noch einmal zwischen die beiden Frauen und diesmal mit melodramatischer Wucht.

Denn der gefangene, angeklagte, schließlich zum Tod verurteilte Attentäter darf vor seiner Hinrichtung in herrlichem Wechsel seine beiden Wunschfrauen empfangen, die ekstatische und die innige, zunehmend belästigt von der ihm angetrauten Pariser Amazone, immer vertrauter mit der Eigentlichen. Das also muß er, als er auf sie zielte und sie verfehlte, im Grunde gewünscht haben, nicht ihren Tod, sondern diese letzte Gemeinsamkeit mit ihr vor seinem eigenen Tod.

Was für ein Showdown, eingeleitet von Juliens Attentatsversuch, natürlich in einer Kirche, natürlich von hinten auf das gerade andächtig nach vorn gebeugte Opfer, so daß Julien seinen Schuß verzittert. Wen wollte er überhaupt treffen? Diese Frau oder sich selbst, seine erste, vergessene und doch unvergessene Liebe? Oder wollte er mit diesem extremen, aggressiven Akt etwa nur einen neuen, endgültigen Kontakt herstellen zu dieser verdrängten Vergangenheit? Unverschämter, grandios jenseits aller Sentimentalität, ist das Finale zu einem langen, bangen Entweder-Oder kaum je in Szene gesetzt worden.

Sie galt für eine Art Lorelei, obschon sie Judith hieß, auch niemand etwas Bestimmtes oder Nachteiliges von ihr wußte. Dies Weib trat nun herein, vom Garten kommend, etwas zurückgebogen, da sie in der Schürze eine Last frisch gepflückter Ernteäpfel und darüber eine Masse gebrochener Blumen trug. Dies schüttete sie alles auf den Tisch, wie eine reizende Pomona, daß ein Gewirre von Form, Farbe und Duft sich auf der blanken Tafel verbreitete. Dann grüßte sie mich mit städtischem Akzente, indessen sie aus dem Schatten eines breiten Strohhutes neugierig auf mich herabsah, sagte, sie hätte Durst, holte ein Becken mit Milch herbei, füllte eine Schale davon und bot sie mir an ⟨...⟩

Der junge und sehr grüne Heinrich alias Gottfried Keller wird herumgereicht in seiner ländlichen Verwandtschaft, lernt Vettern und Oheime, Basen und »Bäslein« kennen – wir sind von den Verwandtschaften so verwirrt wie er – und nun also die Tochter wieder einer Base, einer Schwester wohl seiner Großmutter, die gerade zweiundzwanzigjährige, schon verwitwete Judith. Ihr alttestamentarischer Name deutet auf eine Frau, die einem schrecklichen Mann den Kopf abgeschlagen hat, ihr Ruf als Lorelei verheißt der Männerwelt auch nichts Gutes, doch ihr Auftritt als Fruchtgöttin Pomona scheint das alles wieder aufzuheben mit seinem »Gewirre von Form, Farbe, Duft«.

Dazu muß man addieren, was schon vor ihrem Auftritt von ihrer Erscheinung festgehalten worden ist, die »großen braunen Augen«, das »volle runde Kinn« und »ein schweres dunkles, fast nicht zu bewältigendes Haar«. Das alles ist gesehen mit Maleraugen, und Maler will dieser grüne Junge ja werden, der gleich nach kurzem Widerstreben von Judith wie von Mutter Natur eine Milchschale annehmen wird, um den »marmorweißen und kühlen Trunk in einem Zuge« sich einzuverleiben, den Blick dabei ruhig auf dieses Prachtweib gerichtet und so »ihrer stolzen Ruhe das Gleichgewicht« haltend.

Wie anders sehen er und sein Roman die Gegenfigur zu dieser Judith, seine Kinder- und Jugendliebe Anna, wieder eine

Base, doch diese etwa gleich alt, und nichts für Maleraugen, so zart und fast durchsichtig, wie sie ihm und uns erscheint. Selbst die Farben und Formen ihres Elternhauses werden eingestimmt auf die nicht ganz irdische, zart hinfällige Erscheinung:

»Das Haus war weiß getüncht, das Fachwerk rot angestrichen und die Fensterladen mit großen Muscheln bemalt, aus den Fenstern wehten weiße Gardinen und aus der Haustür trat, ein zierliches Treppchen herunter, das junge Bäschen, schlank und zart wie eine Narzisse, in einem weißen Röckchen und ⟨...⟩ mit goldbraunen Haaren, blauen Äuglein, einer etwas eigensinnigen Stirne und einem kleinen lächelnden Munde. Auf den schmalen Wangen wallte ein Erröten über das andere hin, das feine Glockenstimmchen klang kaum vernehmbar und verhallte alle Augenblicke wieder.«

Man hört, und hört nicht falsch, das Totenglöcklein schon läuten aus diesem Bild eines Kindes, an dem alles, außer »einer etwas eigensinnigen Stirne«, zu schwach scheint zum Leben und Überleben und das in Heinrichs Leben hineinerzählt wird als Komplementär- und Kontrastfigur zu der sicher in Fleisch und Seele ruhenden Judith, bis es uns Lesern und diesem Heinrich nach einem dauernden Wechsel von Anna- und Judith-Kapiteln früh dahinstirbt, an Schwindsucht, was sonst.

Das scheint eine Weile so eingerichtet, als wäre damit Heinrich auch seine schwindsüchtige Liebe zu der kleinen Unberühr- und Unerreichbaren abhanden gekommen, als wäre er nun frei für die judithsche Alternative von Weiblichkeit, mit Frucht und Duft und Milch und Haut und Haar. Aber die beiden gehen noch lange Umwege, und Judith bis nach Amerika, bis sie beide, allerdings auf eine ziemlich keusche, kellersche Weise doch noch zusammenfinden, und das auch erst in der zweiten Fassung des Romans: Da hat Keller sich und seinem Heinrich endlich dieses Glück in Worten gegönnt.

Der Umgang mit diesen beiden Frauen brachte in sein Leben gleichsam zwei Melodien: die eine ausgelassen, beschwingt und amüsant, die andere ernst, fast religiös; beide, in ihm vibrierend, schwollen stetig an, mischten sich allmählich miteinander; denn wenn Frau Arnoux ihn nur mit einem Finger streifte, bot sich sogleich das Bild der anderen seiner Begierde dar, weil er sich von dieser Seite eher Erhörung versprach; doch wenn ihm im Zusammensein mit Rosanette das Herz heftiger schlug, stand im Augenblick seine große Liebe vor ihm.

Wieder wird einer durch einen wechselvollen Kurs in hoher und niederer Minne geschickt: Frédéric Moreau, Flauberts Zauber- und Entzauberungslehrling in seiner »L'éducation sentimentale«, und auf den ersten Blick scheint es, als hätte Flaubert die Rolle der Seelenvollen, hoch thronend, so anbetungswürdig wie unerreichbar, und der Reizvollen, die sich zwar ziert und windet, doch nicht ernsthaft widersteht, höchst konventionell besetzt. Mit Madame Arnoux, der demütigen Gattin und besorgten Mutter an der Seite eines liederlichen Mannes, was ihrer Madonnenhaftigkeit noch eine Schmerzensaura beschert, und mit Rosanette, einem reizend liederlichen Geschöpf der Halbwelt, das sich Leben und Laune finanzieren läßt von dem jeweils solventesten Freier (es dürfen auch zwei oder anderthalb sein).

Doch schon diese Besetzung zeigt, wie sich in Flauberts Jahrhundert die Männerphantasien über die hohe Frau und die willige Dirne aufreiben und trüben, weil in alle Beziehungen der Markt, das Geld eingedrungen ist. Selbst der schwärmerische Frédéric weiß, daß Rosanettes sogenannte Liebe etwas kosten wird und wie viel, und obwohl er auch um sie wirbt wie ein Troubadour, wird sie ihn erst »erhören«, wenn er sie sich »leisten« kann. Und selbst Frédéric sieht in seinen helleren oder zynischen Augenblicken, daß seine Madonna Arnoux an ihren erotisch wie ökonomisch andauernd spekulierenden und bankrottierenden Gatten durch schöne Treue weniger als durch häßliche finanzielle Abhängigkeit gebunden ist, und kennt auch hier das Mittel, ihr näher zu kommen: Geld.

Und doch scheint vor diesem trüben Hintergrund und durch ihn neu aufgeladen für Frédéric das alte Spiel zwischen der tiefen, gehemmten und einer raschen, bald öden Liebe noch einmal zu funktionieren. Nur denkt Flaubert nicht daran, sie als Entweder-Oder, als klare Alternative für seinen Helden wie für seine Leser zu pointieren. Im Gegenteil: Vermischen sollen sich die Sphären, gegenseitig schwächen und steigern, als Wechsel und Durchdringung zweier »Melodien«, als Mischmasch nicht mehr eindeutiger Gefühle. Jede zarte Berührung seiner Madonna macht den Schwärmer sinnlich, doch beim Rendezvous mit seiner Käuflichen fehlt ihm sein unberührbares Idol.

Er soll sich nie entscheiden können oder wollen, und wenn einmal doch, dann zu spät und falsch, so will es Flauberts Erzählprogramm, diese unermüdliche und doch von Sympathie getragene Abstrafung eines empfindungsvoll schwankenden und schweifenden Menschen. Was ruiniert ihn: die falschen Bilder im Kopf, auch von der hohen und niederen Liebe? Oder eine erbärmlich materiell und verlogen entartete Gesellschaft? Oder der Autor, im Bund mit allem und jedem, auch mit seinem Frédéric, und also alles und alle verratend?

Wieder keine klare Antwort auf ein Entweder-Oder. Auch der Erzähler kann und will sich nicht entscheiden, folgt dem Helden in »selige Verzückung«, wenn er die »schönen, dunklen Augen« seiner Madonna sieht »und in ihren Tiefen eine große Güte«, und folgt ihm ebenso verständnisvoll, wenn Frédéric sich der vor einer Kommode gebückten Rosanette von hinten nähert »mit einer Geste von so unmißverständlicher Bedeutung, daß sie sich ganz von Röte übergossen aufrichtete«. Zwei Melodien, eine Dissonanz, und die muß durchgehalten werden bis zum Ende.

Parallel-Aktion

DON OTTAVIO Beruhigt euch, meine Teure, der Frevel dieses Schurken wird gesühnt. Wir werden gerächt sein.

DONNA ANNA Doch der Vater, o Gott!

DON OTTAVIO Dem Willen des Himmels muß man sich beugen. Atme auf, Geliebte, für deinen bitteren Verlust gäbe es, wenn du nur willst, schon morgen süßen Ersatz, dieses Herz, diese Hand, meine zärtliche Liebe ...

DONNA ANNA O Götter, was sagt Ihr? In diesem traurigen Augenblick ...

DON OTTAVIO Warum nicht? Willst du mit neuem Zaudern meine Leiden noch vergrößern? Grausame!

Einer steht immer abseits von dem erotischen Wirbel aus Lust und Weh, Neugier, Eifersucht, Wut und Rachsucht, den Don Giovanni um sich herum entfesselt: Don Ottavio, der unglückselige Verlobte der fast vergewaltigten (oder wie uns neuere Inszenierungen gern glauben machen wollen, durchaus verführten) Donna Anna. Selig scheint er tatsächlich noch in seinem Unglück, ein unermüdlicher Tröster seiner Braut, die ihn ebenso unermüdlich auffordert zur Rache für ihren ermordeten Vater.

»Nur ihrem Frieden weih ich mein Leben«, singt er in seiner KV-540a-Arie, meist vorn an der Rampe postiert, herausgelöst aus der Handlung, auch als lyrischer Tenor einsam in dem bewegten Ensemble. Und doch dürfen und sollten wir glauben, was er uns in diesem idyllischen Stück Musik beteuert: wie selbstlos bis zur Selbstaufgabe er an seiner furiosen Verlobten hängt. Nur daß sie damit und mit ihm zufrieden ist, das glauben wir nicht.

Zwei Paare bieten da Ponte und Mozart auf gegen die treulose, wahllose Liebeswelt Don Giovannis. Von Zerline und Masetto, zwei Volksseelen, so gutmütig wie täuschbar, verführbar, fällt Licht von unten auf die hochherrschaftliche Handlung, wie in Komödien üblich. Doch die beiden andern, der zarte Don Ottavio und seine tief verletzte, hochdramatische Braut, sie taugen kaum als Gegenbild der Eintracht zu dem rastlosen Titelhelden mit seinen »mille e tre« in Spanien und immerhin

zweihunderteinunddreißig Affären in Deutschland, laut Leporellos Register. Ein Riß geht durch dieses Paar, das sich bei
jedem Auftritt zwar seiner Solidarität in Leid und Mitleid versichert, doch wie um zu übersingen, daß sich da zwei aneinander klammern, die kaum zueinander gehören.

Den Vater kann der selbstlose Don Ottavio seiner Anna
kaum ersetzen, wie er ihr zärtlich und ahnungslos zweimal
anbietet, zweimal zurecht- und zurückgewiesen. Nicht einmal
die Rache an Don Giovanni, zu der sich der lyrische Tenor,
ein wenig heldisch überanstrengt, immer wieder Mut ansingt,
wird er vollziehen. Das besorgt am Ende das steinerne Gespenst des Vaters selbst, mit einem kalten Händedruck für den
Verführer. Von diesen beiden Männern scheint Donna Anna
besessen, in Liebe und in Wut.

Nur ein Jahr noch, so verspricht sie am Ende ihrem Ottavio,
müsse er nun auf sie warten. Wir versprechen uns davon
nichts. Vaters Tochter, Giovannis Fast-Geliebte wird wohl an
beide leidenschaftlich gebunden bleiben. Was die Verlobten
sich im Schlußgesang versichern: »Al desio di chi m'adora (be-
ziehungsweise t'adora) / Ceder deve un fido amor« – treue
Liebe also müsse dem Wunsche eines Verehrers nachgeben –,
das klingt tapfer nach Vernunftehe.

So stellt dieses dissonante, zwanghaft einige Paar eben doch
ein Gegenbild zu Don Giovanni, der so ganz und gar mit sich
im reinen ist, ohne jeden inneren Widerspruch, eine kompakte
Lust- und Genußmaschine, immun gegen innere wie äußere
Störungen, durch Gewissen, Rücksicht, Moral. Sie leiden, er
genießt. Sie überleben, er – so wird sich später Brechts Baal
sein Ende wünschen –, er fällt wie ein Stier. Allerdings brül-
lend, was bei Brecht nicht vorgesehen ist.

Bei unsern Freunden waren die entstehenden wechselseiti-
gen Neigungen von der angenehmsten Wirkung. Die Ge-
müter öffneten sich, und ein allgemeines Wohlwollen ent-
sprang aus dem besonderen. Jeder Teil fühlte sich glücklich und
gönnte dem andern sein Glück.

Ein solcher Zustand erhebt den Geist, indem er das Herz
erweitert, und alles was man tut und vornimmt, hat eine
Richtung gegen das Unermeßliche. So waren auch die Freunde
nicht mehr in ihrer Wohnung befangen. Ihre Spaziergänge
dehnten sich weiter aus, und wenn dabei Eduard mit Ottilien,
die Pfade zu wählen, die Wege zu bahnen, vorauseilte; so folgte
der Hauptmann mit Charlotten in bedeutender Unterhaltung,
teilnehmend an manchem neuentdeckten Plätzchen, an mancher unerwarteten Aussicht, geruhig der Spur jener rascheren
Vorgänger.

*Zwanghaft und spielerisch arbeitet vor allem die Komödie mit
Parallelaktionen, läßt die Paare und Paarungen sich gegenseitig spiegeln, auch verzerrt, wenn unten die Diener, Narren,
Zofen und Ammen auf ihre Art treiben, was oben die Herrschaften feierlicher bewegt. Wenn also Goethe in seinen
»Wahlverwandtschaften« eine Versuchsanordnung einrichtet,
die einem festverbundenen Paar zwei Ungebundene zuführt,
so könnte und sollte das eigentlich eine perfekte Komödie
auslösen. Und genauso scheinen im Roman selbst die Ahnungslosen ihre Konstellation zunächst zu sehen, wenn sie
sich heiter vergleichen mit chemischen Verbindungen und Pro-
zessen, in denen Wahlverwandtschaft entscheidet, wie zufällig
aufeinander treffende A und B und C und D ihre alten Verbindungen auflösen und neue »wählen«, wählen unter Zwang.*

*Sie sehen das voraus und bleiben doch blind, als der Wahl-
prozeß einsetzt, betulich inszeniert von einem Erzähler, der
den »wechselvollen Neigungen« noch die »angenehmste Wirkung« abgewinnen möchte. Obwohl er uns doch zwei Atem-
züge weiter verrät, daß unter diesen vier Betroffenen, dem
Ehepaar Eduard und Charlotte, dem besonnenen Hausfreund
und der jungen Waise und Nichte Ottilie, sich durchaus nicht*

ZWEI BEDÄCHTIGE

jedes »Herz erweitert« und schon gar nicht jeder Schritt eine »Richtung gegen das Unermeßliche« eingeschlagen hat. Dieses Entgrenzungsglück erleben ja offenbar nur Eduard und Ottilie, die unbefangen wie Kinder vorauseilen, während die ihnen Nachfolgenden samt ihrer »bedeutenden Unterhaltung« eher bedächtig und gehemmt scheinen.

So wird das bleiben für den Hauptmann und Charlotte und zwischen ihnen. Immer folgen sie nur nach, immer wie im Zugzwang, immer auch bedeutend gehemmt und bedenklich. Wenn das erste und eigentliche Wahlverwandtschaftspaar sich im Zusammenspiel von Flöte und Klavier schon zueinander bekennt, Ottilie alle Fehler Eduards vorausahnend und ausgleichend, merken die beiden Bedächtigen erst, wie auch in ihnen der Anziehungsprozeß arbeitet. Kaum haben die beiden Begeisterten sich dann zum ersten Mal umarmt, passiert den beiden anderen das gleiche zur gleichen Zeit nur wie aus Versehen, und Charlotte weiß, daß »dieser Augenblick in unserem Leben Epoche« gemacht hat, weiß aber zugleich, was vernünftigerweise daraus folgen muß: »Sie müssen scheiden, lieber Freund, und Sie werden scheiden.«

Was alles nichts helfen wird, weil hier alle in Charlotte geballte Vorsicht und Vernunft nichts hilft. Die Geschichte nimmt den in fast jeder Dreiecksgeschichte fest einprogrammierten katastrophalen Verlauf. So daß wir uns fragen, wozu Goethe den Hauptmann, seine vierte, auffallend beflissen und blaß ausgeführte Figur, eingesetzt hat? Um mit einem zum Viereck entschärften Dreieck, mit der Komödienlösung der über Kreuz neu vereinten Paare mindestens zu spielen?

Am Ende werden die beiden immer Zurückgebliebenen auch die Hinterbliebenen sein, und niemand, auch nicht der Erzähler, möchte noch hören, wie sie in »bedeutender Unterhaltung« nachsinnen über Ottilies und Eduards Tod.

E r sah sie an; sie errötete und verstummte.
»Ich habe Ihnen gesagt, ich wüßte nicht, wie lange ich hier bleiben würde ... es hinge von Ihnen ab ...«

Sie senkte den Kopf immer tiefer, sie wußte nicht, was sie auf die bevorstehende Frage antworten sollte.

»Es hinge von Ihnen ab«, wiederholte er. »Ich wollte sagen ... ich wollte sagen ... Ich bin gekommen ... um ... Werden Sie meine Frau!« sagte er und wußte selbst nicht, was er redete. Aber er fühlte, daß das Schrecklichste ausgesprochen war, stockte und sah sie an.

Sie atmete schwer, ohne ihn anzusehen. Eine Art Verzückung war über sie gekommen. Ihre Seele floß über vor Glück. Sie hatte nicht erwartet, daß sein offenes Liebesgeständnis einen so starken Eindruck auf sie machen werde. Doch das währte nur einen Augenblick. Sie dachte an Wronskij. Sie hob ihre hellen, treuen Augen zu Lewin auf und sagte hastig, als sie sein verzweifeltes Gesicht erblickte:

»Das ist unmöglich ... Verzeihen Sie mir.«

Tolstoj liebte es, seine Romane mit Parallelhandlungen zur Hauptaktion anzureichern, und er verstand es meisterhaft, sie so ineinanderzuflechten, daß man lesend gern vergißt, ob man nun auf dem Haupt- oder auf einem Nebenschauplatz ist, und nicht mehr weiß und auch nicht wissen will, was Punkt ist und was Kontrapunkt. In »Anna Karenina« geht er dabei so weit, daß man schon meint, er hätte den Roman am liebsten »Konstantin Lewin« genannt. Dieser Grübler und Zweifler, der Gott sucht und das einfache Leben und der auf mühseligen Umwegen immerhin seine Kitty findet, ist ihm so ebenbildlich nahe und vertraut, so geheuer wie ihm Anna Karenina und ihre herzverzehrende Liebe zu Wronskij unheimlich bleibt.

Aber auf ihren Namen ist der Roman nun einmal getauft und nur ihr zuliebe wird er immer noch gelesen, samt allen seinen aufwendigen Parallelaktionen und Kontrapunkten. Auch Lewins erster, jämmerlich mißglückender Heiratsantrag an die achtzehnjährige Kitty bezieht sich auf die kurz danach erzählte erste Begegnung zwischen Anna und Wronskij, auf die-

sen ersten Vorschein zum *coup de foudre*, der sich am nächsten Tag, auf einem Ball hell entladen wird und dann auch Kitty herausschleudert aus ihren schwärmerischen Illusionen über einen in sie verliebten Wronskij.

Auf den ersten Blick (und bei einer ersten Lektüre) scheint der Gegensatz zwischen dem Sichverfehlen im Heiratsantrag und dem Sichfinden im Ballrausch einfach, ja banal: hier eine Glücksexplosion, herrlich und auch gefährlich, da ein verwirrtes Sichverstellen, Sichverkennen, erbärmlich und leider auch komisch. Doch die Entwicklung der beiden Paare und des Romans soll und wird uns dann über Hunderte von Seiten eines Besseren, Genaueren belehren. Daß der ängstlich ungeschickte, aber auch hochmütige Lewin und seine noch backfischhaft verblendete Kitty einander fast verfehlen und lange aufeinander warten müssen, soll ihr späteres Glück grundsolide und krisenfest machen. Während Anna und Wronskij, besinnungslos und wie animalisch hineingerissen in ihre Passion, blind für alle Zukunft und Folgen, am Ende, sozial isoliert, nicht einmal sich selbst und ihren Gefühlen noch trauen können.

Genau das hat man dem großen Parallelkonstrukteur oft übelgenommen: Zu genau meint man zu merken, für welches Paar, welche Konstellation, welche Haltungen, Meinungen er werben möchte. Doch Tolstojs Neugier und Phantasie ist immer noch unendlich reicher als die eines Lesers, der eine Absicht wittert und schon verstimmt ist. Geduldig geht er um seine Figuren herum, zeigt sie in immer neuen Perspektiven und Lagen. Bis sogar der Heiligenschein um den herzensguten Lewin verzittert, sich auflöst und der Gute komisch wird oder nervend. Auch für seine ihm doch so symbiotisch ergebene Kitty. Wie es um die steht, in ihrer treuen, doch etwas beengten Seele, dürfen wir schon ahnen, wenn sie Lewins ersten Antrag abweist, mit ausgerechnet einem Aufschlag ihrer »hellen, treuen Augen«.

Es war also am Vorabend von Joachims dauernder Bettläge-rigkeit, am letzten Abend, da er noch auf den Füßen war, daß Hans ihn betraf, – ihn im Gespräch mit Marusja betraf, der grundlos viellachenden Marusja mit dem Apfelsinentüchlein und der äußerlich wohlgebildeten Brust. Nach dem Diner war das, während der Abendgeselligkeit, in der Halle. Hans Castorp hatte sich im Musiksalon aufgehalten und kam heraus, um nach Joachim zu sehen: da fand er ihn vor dem Kachelkamin neben Marusja's Stuhl, – es war ein Schaukelstuhl, worin sie saß, und Joachim hielt ihn mit der Linken an der Rückenlehne nach hinten geneigt, so daß Marusja ⟨...⟩ mit ihren braunen Kugelaugen in sein Gesicht emporblickte, das er, leise und abgerissen sprechend, über das ihre beugte, während sie manchmal lächelnd und erregt-geringschätzig mit den Schultern zuckte.

Joachim heißt der Ritter von der traurigen Gestalt, den Thomas Mann seinem Zauberlehrling Hans Castorp beigegeben hat als Vetter, als Fremdenführer dort oben im Davoser Lungensanatorium, doch vor allem als Kontrastfigur. Denn so willig sich dieser Hans im Glück und Unglück seiner Zauberbergkur hingibt, diesem unendlichen Lehrgang in Sachen Krankheit, Liebe, Tod und allen von dieser unheiligen Trinität entfesselten Gedankengängen, so widerspenstig entzieht sich Vetter Joachim diesen Verlockungen. »Ehrbar« ist und bleibt er und hofft gegen alle Hoffnung auf ein gesundes Leben im Militärdienst unten im Flachland.

Obwohl doch auch er, abgesehen von seiner angegriffenen Lunge, nicht unempfänglich scheint für den faulen und schönen Zauber dort oben und ein Auge geworfen hat auf die hübsche, ewig und grundlos kichernde Marusja an seiner Mittags- und Abendtafel, parallel zu Hans Castorps Verfallenheit an Madame Chauchat. Von dieser Marusja – »Mazurka« nennt sie Hans Castorp in seiner ersten Verwirrung unter dem lebhaften Protest des Vetters – erfahren wir den ganzen Roman lang in ständig wiederholten Leitmotiven nicht mehr, als daß sie eben grundlos oft kichert, mit Vorliebe in ein »Apfelsi-

nentüchlein«, das den entsprechenden Duft ausströmt, daß sie runde, braune Kinderaugen hat und an ihrer Rechten immer einen Rubin trägt. Vor allem aber – und hier wird's höhnisch –, daß ihre Brust, hinter der doch die dort oben übliche Krankheit nistet, recht »gut in Stand ist«, »äußerlich wohlgebildet«, also wie das ganze Kind reizt mit einem Schein von blühender Gesundheit.

Dahin also zieht es den armen Joachim. Aber die Redensart, er habe »ein Auge darauf geworfen«, ist leider übertrieben. Joachims klägliche Liebe, wenn wir sie so nennen sollen, äußert sich einzig darin, daß er sofort »mit strengem Ausdruck die Augen niederschlug, wenn sie lachte oder sprach«, daß er nie von dieser Marusja-Mazurka redet und schon gar nicht wagt, sie anzusprechen. Nein, dieser Ehrbare will sich nicht gehen lassen wie sein Vetter und Gegenbild Hans, der nach seiner sieben Monate durchgehaltenen stummen Blickliebe sich in einer Karnevalsnacht seiner Madame Chauchat mit langem Wortstrom und schließlich auch, worüber der Roman vielsagend schweigt, mit Fleisch und Blut erklärt.

Streng hält dagegen Joachim über Monate und Jahre sein Schweigegebot durch, bis er es an seinem letzten Abend in der Zauberberggesellschaft, bevor er sich zum Sterben legt, doch noch bricht. Vetter Hans, der ihn dabei, wie es zeremoniell heißt, und das zweimal, »betrifft«, weicht von diesem Anblick diskret zurück: »Joachim, im Gespräche rücksichtslos hingegeben an die hochbrüstige Marusja« – das »erschüttert« ihn. »›Ja, er ist verloren!‹ dachte er und setzte sich still auf einen Stuhl im Musiksalon«.

Ein trauriger, ja trostloser Moment. Denn der diskrete Hans, so will es sein Roman, wird ja von seiner »rücksichtslosen Hingabe« an die »Abenteuer im Fleische und im Geist« durchaus profitieren, »gesteigert« werden in seiner »Einfachheit«. Während für Joachim sozusagen nichts mehr herauskommt aus dieser »Hingabe« in letzter Minute. Er kann sich nur noch hinlegen und »einfach« sterben.

Machtspiele

So ist denn endlich besiegt, diese stolze Frau, die zu glauben gewagt hat, daß sie mir widerstehen könnte! Ja, meine Freundin, sie gehört mir, ganz und gar mir – seit gestern hat sie mir nichts mehr zu gewähren.

Ich bin zu voll von meinem Glück, um es bewerten zu können, aber ich bin erstaunt über den unbekannten Reiz, den ich dabei empfunden habe. Sollte wirklich wahr sein, daß die Tugend den Wert einer Frau sogar noch im Augenblick der Schwäche vermehrt? Aber entlassen wir diese kindlichen Gedanken zu den Ammenmärchen. Begegnet man nicht überall beim ersten Siege einem mehr oder weniger gut gespielten Widerstand? Habe ich nirgendwo den Reiz gefunden, von dem ich spreche? Aber der der Liebe ist es doch auch wieder nicht; denn wenn ich auch bei dieser erstaunlichen Frau manchmal Momente der Schwäche gehabt habe, die dieser »großen Leidenschaft der Liebe« ähnlich sahen, so wußte ich sie immer zu unterdrücken und zu meinen Grundsätzen zurückzukehren.

Zwei Musteraufgaben werden in den »Gefährlichen Liebschaften« von Choderlos de Laclos dem Vicomte von Valmont gestellt: einmal die Verführung einer fünfzehnjährigen Unschuld – das ist eine Fleißaufgabe, die ihn langweilt, zu leicht zu lösen, er erledigt sie nebenbei – und vor allem die Eroberung einer tugendfesten und frommen Frau, die ihn drei Monate kostet und alle seine Jagdinstinkte, seine militärische Strategie und diplomatische Tücke in Anspruch nimmt. Vor allem droht während dieser langen Belagerung immer wieder die schrecklichste aller Gefahren, daß nämlich der Verführer der Schande verfällt, sich selbst zu verlieben, »Schwäche« zu zeigen, Hingabe zu fühlen, statt den Kopf kühl und außerhalb des Spiels zu halten, voll konzentriert auf den »Gegner«, dessen Ausweichmanöver oder Schwächezeichen, auf die eigenen Gegenzüge, auf den Reiz dieses Machtspiels und das letzte Ziel: den »Sieg«.

Bewußt treibt der Roman 1782, im vorrevolutionären Jahrzehnt, auf die Spitze, was gerade in der feudalen Liebesliteratur seit je üblich und nur scheinbar harmlos war: die Analo-

gien zwischen Jagd und Liebe und das Vokabular erotischer Kriegskunst. Als Wild und Beute, als Festung und Feind reizt die Frau, als Opfer einer Aggression, die nicht mit offener Gewalt, sondern mit Raffinesse, mit »Grundsätzen« und »Geschicklichkeit« operiert. Erlaubt ist jedes Mittel, das dem Zweck endgültiger Unterwerfung dient, vor allem falsche Worte, Gesten, das Agieren hinter einer Maske. Man muß dem Opfer seine eigenen Gefühle und Werte, den Kampf der Tugend mit der Leidenschaft vorspielen, um es sowohl hinter dem eigenen Rücken wie mit den eigenen Waffen zu erledigen.

Der »Reiz« des Kampfes steigt mit der Heftigkeit des »Widerstands«, mit den Handicaps, die sich der Spieler wählt – gerade deshalb ist der Vicomte so fasziniert von der scheinbar unbezwingbaren Präsidentin von Tourvel. Was ihn reizt, sind Planung und Durchführung, der Schwierigkeitsgrad seiner »Manöver«. Der Gewinn am Ende, die sinnliche Beute interessiert kaum. Erst einmal »besiegt«, ist offenbar Weib gleich Weib und Fleisch gleich Fleisch. Der Weg ist zum Ziel geworden. Am Ende lockt allein der »Ruhm«, in aller Kälte durchgehalten und eine vollkommene »Kapitulation« erreicht zu haben.

Der Autor Laclos meinte es ganz ehrlich mit diesem Schuft und wird ihn und erst recht seine Brieffreundin und Mitspielerin, die Marquise Merteuil, musterhaft abstrafen. Aber verdächtig doch, wie inbrünstig er dieses Planspiel einer Manipulation von Liebe, ihre Auslieferung an die Gegenwelt eines egozentrischen, sadistischen Machtbewußtseins inszeniert hat. So besessen ist er, wie die erotische Literatur seiner Epoche, vom Thema der Verführung, der Destruktion von Unschuld und Tugend, daß man ahnt, was wohl auch er ahnte, daß nämlich der eben erst empfindsam wiederentdeckten Liebe, als einer Gegenmacht zur Kälte gesellschaftlicher Interessen und Intrigen, im neuen Jahrhundert schwere Zeiten bevorstehen würden.

Hübsch ist sie, zugegeben! dachte Julien weiter, und blickte wie ein Tiger. Ich werde sie besitzen; dann gehe ich fort, und wehe dem, der mich bei meiner Flucht aufhalten will!

Dieser Gedanke wurde ihm zur fixen Idee; er konnte an nichts anderes mehr denken. Die Tage verflogen ihm wie Stunden.

Jeden Augenblick, wenn er sich Mühe gab, sich mit einer ernsthaften Angelegenheit zu beschäftigen, schweiften seine Gedanken ab, und eine Viertelstunde später erwachte er wieder mit wirrem Kopf und klopfendem Herzen aus seiner Träumerei, über der Frage sinnend: Liebt sie mich?

Ja, die Liebe mit all ihren Wundern wird in meinem Herzen herrschen, dachte Mathilde. Ich spüre es an dem Feuer, das mich durchglüht. Der Himmel war mir diese Gnade schuldig. ⟨...⟩ Nicht umsonst hat er in einem Menschen alle Vorzüge vereint. ⟨...⟩ Größe und Kühnheit liegen schon darin, einen Mann zu lieben, der durch seine gesellschaftliche Stellung so weit unter mir steht.

Früh im neunzehnten Jahrhundert ergreift die französische Literatur ein Thema, das die deutsche in seliger Provinzialität noch lange verschlafen wird, obwohl doch Goethe schon in seinem »Clavigo«, in sieben Tagen hingeworfen, einen Zipfel davon ergriffen hatte: vom Konflikt nämlich zwischen einer immer dynamischer bewegten und sich rücksichtslos umwälzenden Gesellschaft und dem immer noch auf Treue, Beständigkeit, selbstlose Hingabe eingeschworenen Liebeskodex. »Daß man so veränderlich ist!« seufzt Clavigo, der aufsteigen will und also eine kränkliche, mittellose Verlobte loswerden möchte. »Sieh doch, verändert sich nicht alles in der Welt? Warum sollten unsere Leidenschaften bleiben?« antwortet sein Freund, als Weltmann auf dem laufenden.

In »Rot und Schwarz«, Stendhals »Chronik aus dem Jahr 1830«, hat Julien Sorel sein empfindsames Herz von früh an darauf trainiert, sich zu verbergen und zu maskieren, um aus niederer Herkunft aufzusteigen, kraft seiner Schönheit und Intelligenz und mit einer strategischen Energie, die er im Studium der napoleonischen Feldzüge geschult hat und nun auch auf Frauen ansetzt. Tief in der Provinz hat er die schwärmerische Frau de Rênal nur kurz belagert und entschlossen genommen. Dann freilich phasenweise die Maske fallen lassen, aus der heraus er so erfolgreich operiert hat, Schwäche gezeigt und Gefühle.

Das darf ihm nun als Sekretär bei Herrn de La Mole in Paris nicht mehr unterlaufen. Denn hier trifft er in der Tochter des Hauses, kalt, stolz, ehrgeizig wie er selbst, auf einen ebenbürtigen Gegner, auf eine Arroganz allerdings, die sich durch hohe Geburt legitimiert glaubt, die nicht wie seine von unten kommt, die nur Ressentiment ist und entsprechend labil. Was diese beiden nun miteinander, gegeneinander aufführen, im Namen der Liebe, ist ein Machtkampf, beide immer verdeckt. Es gilt, jeden Schwächemoment des Gegners zu nutzen, die eigene Unterwerfung zu verhindern und den Genuß dieses Kräftemessens mit geschlossenem Visier als Hauptmotiv der erotischen Kommunikation immer wieder aufzufrischen.

Daß eine Frau in diesem Liebes- und Machtspiel nicht mehr nur die Gejagte, das Wild spielt, scheint neu, und ebenso, daß ein Proletensohn aus der Provinz so mitzuagieren wagt im Salon. Aber zugleich zeigen beide, daß sie – wie ihr Autor – durchaus keine Zeitgenossen des Jahres 1830 sein wollen, daß sie zurückhängen und alte Rollen spielen. Eine Renaissance-Heroine möchte das Fräulein de La Mole sein, einen Skandal provozieren gegen ihre Gesellschaft, gegen eine nur noch niedrigen materiellen Interessen nachhechelnde Adelsclique, während Julien, ein verspäteter Dantonist und Bonapartist, zwar auch die Restaurationsgesellschaft inbrünstig verachtet, doch in ihr hochkommen will. Das macht sie beide wieder zu Verbündeten und zu Gegnern. Und Stendhal, mächtig sympathisierend mit beiden und jederzeit bereit, als allwissender Erzähler hinter ihre Masken, in ihr Inneres zu blicken, heizt mit diesen Perspektivensprüngen und dieser Sympathie den beiden und uns Lesern wunderbar ein, bis zum heroischen Ende.

Liebe ich Cordelia? ja! aufrichtig? ja!, treu? ja! – in ästheti-schem Sinne, und das hat doch wohl auch etwas zu bedeuten. Was hätte dieses Mädchen davon, wenn sie in die Hände eines Plumpsacks von treuem Ehemann gefallen wäre? Was wäre dann aus ihr geworden? Nichts. Man sagt, es gehöre ein bißchen mehr als Ehrlichkeit dazu, um durch die Welt zu kommen; ich möchte sagen, es gehöre ein bißchen mehr als Ehrlichkeit dazu, ein solches Mädchen zu lieben. Dieses Mehr besitze ich – es ist die Falschheit. Gleichwohl liebe ich sie treu. Streng und enthaltsam wache ich über mir selbst, auf daß alles, was in ihr liegt, die ganze göttliche Natur zur Entfaltung kommen möge.

Kierkegaard hat in »Entweder-Oder« seinen Verführer ent-worfen als modern gesteigerten Gegentyp zu Don Juan, dem großartig unbewußten, dem Triebverführer. Könnte Don Juan Tagebuch führen? Kierkegaards Johannes tut es, reflektiert seine Manöver in ständigem Selbstgespräch, vollkommen des-interessiert am sinnlichen Genuß, umso mehr am »Wie«, an der »Methode« und am philosophischen Ertrag, im situativ experimentierenden Handeln, im Auskosten der Kategorie des »Interessanten«.

Geschützt durch seine Maskenexistenz, das geliebte Inko-gnito, wandelt er durch ein biedermeierliches Kopenhagen, ein später, kranker Romantiker und früher Dandy, ein eleganter Teufel und heimlicher Asket. Denn das ruchlos Ästhetische seines Verführungsprojekts, so will es sein Erfinder, bewegt sich wie jedes Extrem schon im Grenzbereich zu seinem Gegen-satz, zum Ethischen, mit dessen Kategorien er genüßlich spielt. Er ist also treu, weil falsch. Er wird aus seinem Mädchenopfer dessen »reiche göttliche Natur« herauskitzeln, es verführen zur »Wahrheit«, durch Lüge. Zur Wahrheit, daß in Cordelia, der tief und träumerisch gehemmten, die Angst lebt vor dem, wozu sie begabt ist, vor der unbedingten Hingabe. Cordelia also heißt sie, eine perfide Pointe genau wie der Täufer- und Apostelname Johannes für den Verführer. Denn Cordelia soll erinnern an die dritte Tochter Lears, die »ihr Herz nicht auf die

Zunge heben« konnte und wollte, die ihre Liebe verschlossen hielt. Ihr Verführer dagegen läßt sein Maskenherz unaufhörlich auf sie einplappern, vor allem in Briefen, voll von den Versprechungen und Phrasen romantischer Liebe. An der Kierkegaard immer noch hing, an der er sich rächen wollte. Don Juan, das wußte er, braucht keine Sprache, wirkt allein durch sinnliche Präsenz, konnte so wenig treu sein wie lügen. Für Johannes aber wird die Sprache zur Maske, noch im »Tagebuch des Verführers«, erst sie garantiert wie eine zweite Haut das vollkommene Inkognito. Sie allein mit ihrem virtuosen Schillern zwischen Falschheit und Aufrichtigkeit vollbringt es schließlich auch, das Opfer herzurichten für seine Hinrichtung, die es selbst besorgt.

Denn Cordelia selbst wird auch dazu verführt, ihre gutbürgerliche Verlobung mit Johannes aufzuheben, um dann in »Freiheit«, ungeschützt durch eine Institution, sich dem Maskenmenschen endlich hinzugeben. Das ist für ihn der Höhepunkt des »Interessanten« – das Experiment wird nun abgebrochen wie geplant, ohne Erklärung, abrupt. Doch Kierkegaard, dieser triebhafte Dialektiker, sorgt noch für einen weiteren Umschlag, läßt Cordelia, bisher nur Objekt der Rede, nach ihrer Vernichtung selbst reden, in drei Briefen an den Verstummten. Und schon der erste zeigt, daß nun die Verlassene auch ihre Liebe entfesselt zum Machtkampf – eine Geschichte, die Kierkegaard, der treulose Verlobte seiner Regine Olsen, nicht mehr zu erzählen wagt.

»Fliehe, wohin du willst, ich bin dennoch Dein, ziehe zum äußersten Ende der Welt, ich bin dennoch Dein, lieb hundert andere, ich bin dennoch Dein, ja, in der Stunde des Todes bin ich Dein. Sogar die Sprache, die ich wider Dich führe, muß Dir beweisen, daß ich Dein bin. Du hast Dich vermessen, einen Menschen so zu betrügen, daß Du alles für mich geworden bist, so daß ich meine ganze Freude darin finden würde, Deine Sklavin zu sein. Dein bin ich. Dein. Dein. Dein Fluch. Deine Cordelia.«

GENIA
Tot ... tot! ... *(Plötzlich auf ihn zu)* Mörder!

FRIEDRICH Es war ein ehrlicher Kampf, ich bin kein Mörder.

GENIA Warum, warum ...

FRIEDRICH Warum –? Offenbar ... hat's mir so beliebt.

GENIA ⟨...⟩ Du hast nicht wollen ... es ist nicht wahr ...

FRIEDRICH In dem Augenblick, da er mir gegenübergestanden ist, da ist es wahr gewesen.

GENIA Grauenhafter Mensch! ⟨...⟩ Hast ihn nicht einmal gehaßt und ihn doch umgebracht. ⟨...⟩

FRIEDRICH So einfach ist das nicht. Hineinschaun in mich kannst du doch nicht. Kann keiner. ⟨...⟩ Es hat sein müssen.

GENIA Müssen? –

FRIEDRICH Wie er mir gegenübergestanden ist mit seinem frechen, jungen Blick, da hab' ich's gewußt ... er oder ich.

GENIA Du lügst, er hätte dich nicht ... er nicht ...

FRIEDRICH Du irrst dich. Es war auf Leben und Tod. Er wollte es so gut wie ich. Ich hab's in seinem Aug' gesehn, wie er in meinem. Er ... oder ich ...

Vorbei sind endgültig die Zeiten, in denen ein Dreiecksverhältnis sich männlich, also gewaltsam auflösen ließ durch ein Duell. Wenn dabei einer der Kombattanten ausgeschaltet wurde, war die umkämpfte, die überlebende Frau auf jeden Fall bestraft, durch Verlust eines Liebhabers oder durch die Schuld am Tod des anderen, den sie riskiert und provoziert hat. Das galt, solange der Ehrenkodex und dieses Reinigungsritual gesellschaftlich akzeptiert waren, also kaum noch an der Wende zum 20. Jahrhundert. Noch immer werden Duelle zwar exekutiert, in einer Grauzone zwischen Legalität und Selbstjustiztrotz, doch kaum jemand scheint noch an ihre reinigende Kraft zu glauben. Und genau in dieser scharfen Zweideutigkeit tauchen Duelle auf in der Literatur dieser Zeit, in Fontanes »Effi Briest« oder Schnitzlers »Liebelei«.

Nackter aber, zynischer als in Schnitzlers »Das weite Land« von 1908 ist der tödliche Hahnenkampf kaum je in Szene gesetzt worden. Denn dieser Friedrich Hofreiter, selbst trotz tiefer Bindung an seine Frau Genia ein lässig eleganter Ehebrecher, scheint weder durch gesellschaftlichen Druck (wie Fontanes Innstetten), noch gar durch Eifersucht genötigt, den jungen Fähnrich Otto von Aigner aus dem Leben zu schießen. Mehr noch: er selbst hat seine Frau motiviert, sich mit dem jungen Mann einzulassen. Denn daß ihre Verweigerung kurz vorher einen Pianisten zum Selbstmord getrieben hat, schien ihn zu befremden: »daß deine Tugend einen jungen Menschen in den Tod getrieben hat, das ist mir einfach unheimlich«. Und doch schießt er nun einen anderen jungen Menschen aus dem Weg, der diese Tugend beschädigt, entehrt hat?

Keiner könne in ihn hineinschauen, sagt er kühl und bestimmt und verrät dann doch, worum es im Augenblick vor dem Schußwechsel zu gehen schien: der Alternde sieht Aug in Aug mit dem Gegner nur noch dessen »frechen«, den »jungen Blick«. Laios schießt auf Ödipus, der Noch-Machtinhaber auf den jungen Usurpator. In diesem archaischen Wahn und Augenblick ist also alles vergessen, was dieses Duell rechtfertigen könnte, Ehre und Ehe, vergessen erst recht, wie weltmännisch der Gatte Friedrich zunächst reagiert hat auf die Nachricht von der Affäre seiner Frau: »Sie fängt an, mir wieder menschlich nahe zu sein. Wir leben wieder sozusagen – auf demselben Stern.«

Auf diesem Stern, auf dem wir mittlerweile alle leben, wo die Ordnung der Ehe und eine geregelte Unordnung des laisser faire und anything goes aus doppelter Moral eine einzige gemacht haben. Schnitzler, ohne seinen mörderisch zweideutigen Hofreiter zu rechtfertigen, in Schutz zu nehmen, nimmt ihn immerhin ernst, als eine Figur der Zeitenwende, die in einem entscheidenden Augenblick sowohl den alten Kodex wie die neue Läßlichkeit vergißt und das Duell zur Kenntlichkeit entstellt, als Kampf nur um die Macht.

»Aber dies Ineinander von Zurückhaltung und Frechheit, von feiger Eifersucht und erlogenem Gleichmut – von rasender Leidenschaft und leerer Lust, wie ich es hier sehe – das find' ich trübselig und – grauenhaft«, so spricht die Schnitzler nächste Figur im Stück und spricht ihm damit das Urteil.

Mein Liebling! Mein süßer Liebling!« flüsterte sie, aber rührte K. gar nicht an, wie ohnmächtig vor Liebe lag sie auf dem Rücken und breitete die Arme aus, die Zeit war wohl unendlich vor ihrer glücklichen Liebe, sie seufzte mehr als sang irgendein kleines Lied. Dann schrak sie auf, da K. still in Gedanken blieb, und fing an, wie ein Kind ihn zu zerren: »Komm, hier unten erstickt man ja!« Sie umfaßten einander, der kleine Körper brannte in K.s Händen, sie rollten in einer Besinnungslosigkeit, aus der sich K. fortwährend, aber vergeblich, zu retten suchte, ein paar Schritte weit, schlugen dumpf an Klamms Tür und lagen dann in den kleinen Pfützen Biers und dem sonstigen Unrat, von dem der Boden bedeckt war. Dort vergiengen Stunden, Stunden gemeinsamen Atems, gemeinsamen Herzschlags, Stunden ⟨...⟩

In dem Wirtshaus »Herrenhof« hat K., auf der Suche, angeblich, nach einer Stelle als Landvermesser im Machtbereich des Schlosses, die Kellnerin Frieda kennengelernt. Attraktiv ist sie nicht, sondern »ein unscheinbares kleines blondes Mädchen mit traurigen Zügen und magern Wangen«. Nur ihr Blick überrascht ihn, ein »Blick von besonderer Überlegenheit«, der, so kommt es K. vor, auch ihn »betreffende Dinge schon erledigt hatte, von deren Vorhandensein er selbst noch nicht wußte«. Dieses Wissen oder Vorwissen also zieht ihn an, dieser Augen wegen, aus denen, wie er meint, »der zukünftige Kampf« spricht, redet er das Kellnermädchen an. Vor allem aber doch, weil Frieda ein Verhältnis mit dem Beamten Klamm zu haben scheint, der oben im Schloß zuständig zeichnet für K.s Bewerbung.

Über einen zukünftigen Kampf, sie an der Seite eines »kleinen einflußlosen aber ebenso kämpfenden Mannes«, darüber sollten sie beide »einmal in Ruhe miteinander sprechen«. Ein Kampf-, ein Zweckbündnis also scheint projektiert – was daraus wird, ein sexuelles Sichinbesitznehmen und Wälzen durch Bierpfützen und Unrat vor und gegen Klamms Tür, das haben wir gelesen. Immer wieder werden die beiden versuchen, einmal in Ruhe über ihr Verhältnis zu sprechen. Doch dessen wilde, besinnungslose Initiation, tief unten im Dunkel und Schmutz, hin und her rollend vor der Tür zum großen Klamm, unter den unsichtbaren Augen der Macht, das werden sie nie mehr los. Tief sitzt in Frieda der Verdacht, daß K. sie nur in Besitz genommen hat, um durch sie näher an die Zentren der Macht zu kommen, um mit ihr als Pfand die Schloßbehörden zu erpressen. Und mißtrauisch, aber auch süchtig hört K. den Gerüchten und dem Klatsch zu, die auch Friedas jähe Hingabe interpretieren als eine Provokation der Schloßmacht, als eine Rebellion, aus der sie, gestärkt und bewundert, wieder zurückkehren wird in ihr altes zwielichtiges Amt im Herrenhof.

Verdacht steht gegen Verdacht, scheinbar lückenlos gestützt von Argumentation und Gegenargumentation, und Kafkas rauschhaft-nüchterne, scheinrationale Traumprosa bietet alles auf, um diese beiden Labyrinthe sich durchdringen und die beiden Gefangenen aus ihnen nicht frei zu lassen. Es bliebe nur ein einziger Ausweg, so sinnt Frieda, fast so traumverloren wie in ihr Liedchen vor ihrer ersten Umarmung: »Willst du mich behalten, müssen wir auswandern, irgendwohin, nach Südfrankreich, nach Spanien.« Was für ein Schlagerglück winkt da, mitten im düsteren Schloßroman, und folgerichtig antwortet K., hier Komplize seines Autors: »Auswandern kann ich nicht ⟨...⟩ ich bin hierhergekommen, um hier zu bleiben.« In der Hermetik des Schloßromans nämlich, die jeder Gedanke an irgendein Außerhalb sprengen würde.

Nur hier kann geklärt werden, was Kafkas Fragment dann bis zu seinem schlingernden Verenden nicht klären kann, ob es eine von aller Instrumentalisierung, von Vorteils- und Machtinteressen befreite, eine vertrauensvolle und selbstlose Liebe für dieses traurige Musterpaar geben kann. Oder Ruhe nur, wie wieder Frieda sinnt, in einem Grab, »tief und eng, dort halten wir uns umarmt wie mit Zangen, ich verberge mein Gesicht an Dir, du Deines an mir und niemand wird uns jemals mehr sehen.«

Ick will weg.« »Da will mal weg. Hat schon mancher mal weg gewollt.«

Er kniet von oben über den Rücken, seine Hände sind um ihren Hals, die Daumen im Nacken, ihr Körper zieht sich zusammen, zieht sich zusammen, ihr Körper zieht sich zusammen. Seine Zeit, geboren werden und sterben, geboren werden und sterben, jegliches.

Mörder sagst du, und mir lockst du her, und willst mir vielleicht an der Nase rumziehen, Stücke, da kennste Reinholden gut.

Gewalt, Gewalt, ist ein Schnitter, vom höchsten Gott hat er die Gewalt. Laß mir los. Sie wirft sich noch, sie zappelt, sie schlägt hinten aus. Das Kind werden wir schon schaukeln, da können Hunde kommen und können fressen, was von dir übrig ist.

Ihr Körper zusammen zusammen zieht sich ihr Körper, Miezes Körper. Mörder sagt sie, das soll sie erleben, das hat er dir wohl aufgetragen, dein süßer Franz.

Darauf schlägt man mit der Holzkeule dem Tier in den Nacken und öffnet mit dem Messer an beiden Halsseiten die Schlagadern. Das Blut fängt man in Metallbecken auf.

Es ist acht Uhr, der Wald ist mäßig dunkel.

Gewalt gegen Frauen kennt auch die feinere Gesellschaft und ihre Literatur. In der aber kann sich männliche Aggression noch schmücken mit der Bildwelt der Jagd, der militärischen Operationen und sich in subtileren Fällen sogar genießen als moralische Provokation, als Sünde. Tief unten dagegen, wo Literatur kaum hinschaut, wird um Liebe, Treue und den Zugriff auf das weibliche Geschlecht ohne diesen schmucken Aufwand gekämpft, zeigt sich Gewalt nackt und brutal. So, wenn Reinhold, der Unhold in Döblins »Berlin Alexanderplatz«, seinem Mitganoven Franz Biberkopf die Freundin abgaunern will, sie auf einem Waldspaziergang erst rumzukriegen, dann zu vergewaltigen versucht und schließlich erwürgt.

Wie gebannt, wehrlos verfolgt die Erzählung ein dutzend Seiten lang diesen Kampf der Körper und Köpfe, zitiert den

Dialog zwischen Täter und Opfer, schneidet dazwischen das Gemurmel im Inneren der beiden, das ihre Angriffs- und Abwehrbewegungen begleitet, registriert knapp und kühl Licht, Geräusche, Regungen der Waldumgebung. Doch über dieses Protokoll der Szene und der Vorgänge spannt Döblin einen Kommentar, eine pathetische Sprachwelt, die den kreatürlichen Kampf von Mann und Frau gespenstisch beleuchtet. Er predigt mit der Stimme des Alten Testaments, daß jegliches seine Zeit hat, pflanzen und ausrotten, brechen und bauen, würgen und heilen – mischt Schlachthofbilder ein und Schlager, vom Kind, das wir schon schaukeln werden, und Volksliedtöne von den Vöglein im Walde und vom »Schnitter, der heißt Tod, hat Gewalt vom höchsten Gott«.

Unten auf dem Waldboden wird noch gerungen auf Leben und Tod, wird geküßt, gepreßt, gestammelt, geschlagen und gewürgt. Doch oben auf der Sprachkanzel des Autors ist alles schon vorentschieden, der tödliche Ausgang unvermeidlich, wenn auch hoch beklagenswert. Jegliches hat seine Zeit, auch das Leben von Franz Biberkopfs Mieze aus Bernau, und auch der Wald muß ruhig, Baum neben Baum, dieser mörderischen Folgerichtigkeit zusehen.

Nun ist ja diese Mieze, die herzensgute, patente, die für ihren Franz anschaffen geht, durchaus kein wehes Opferlamm wie die weiblichen Beutetiere, die einst von den feudalen oder bürgerlichen Wüstlingen gejagt und erlegt wurden. Sie selbst hat sich diesem Reinhold hingehalten als Köder, hat eine bange Weile mitagieren wollen im Sex- und Machtkampf, den sie nun kläglich verliert. Auch hat ihr armer Franz, für den sie nun stirbt, sie kurz zuvor fast so brutal zusammengeschlagen wie nun sein Konkurrent, aus Eifersucht, vor lauter Liebe. Die Gewalt sitzt locker in dieser unteren Welt. Erst wird geschlagen, dann wird man sentimental.

Alle diese Dissonanzen haben der Erzähler und sein Leser im Blick, wenn Miezes Körper »zusammen zusammen zieht sich ihr Körper« im Todeskrampf, wenn es der Sprache die Syntax zerschlägt. Der Erzähler aber scheint sich retten zu wollen in seinen gottergebenen Fatalismus. Trostloser Trost, in den wir ihm nicht folgen müssen.

Liebeskarrieren

Leporello Schöne Donna, dies genaue Register, es enthält seine Liebesaffären, der Verfasser des Werks steht vor Ihnen, wenn's gefällig ist, so gehn wir es durch.

In Italien sechshundertundvierzig, hier in Deutschland zweihundertundeinunddreißig, hundert in Frankreich, einundneunzig in Persien, aber, aber in Spanien schon tausendunddrei, tausendunddrei, tausendunddrei.

Unter ihnen Bäuerinnen, Kammerzofen, Bürgerinnen und Komtessen, Baronessen, Gräfinnen und Principessen, Frauen sind's von jedem Stande, jeder Gattung und Gestalt, schön und häßlich, jung und alt.

Bei Blondinen liebt er die Anmut, bei Brünetten feste Treue ⟨...⟩

Leporello und erst recht sein Autor da Ponte sind beide gewitzt genug, um zu wissen, wie unmöglich es wäre, Don Giovannis Biographie zu schreiben. Denn der lebt von Frau zu Frau, von Fall zu Fall, von Augenblick zu Augenblick, doch die fügen sich nicht zusammen zu einer Lebensgeschichte oder gar zu einer folgerichtigen Liebeskarriere. Noch wenn Don Juans trostlose Nachfolger versuchen, ihre Memoiren als Triebtäter niederzuschreiben, zerfallen die unweigerlich, in Nummern eben. Unter diesem Gesetz der Serie leiden selbst Henry Millers zu Romanen zusammengefaßte Ausschweifungen. So viel Komik und Pathos und krause Philosophie er auch hineinpumpt, es bleibt bei der Aufzählung der Akte, eines öden Dann und Dann und Dann-noch-mal und Noch-mal-wieder.

Wo alles zur Nummer wird, da hilft nur noch Zählen, die nackte Statistik. Als Buchhalter der Liebestaten seines Herrn tritt also Leporello vor die verlassene, die in Liebe und Wut aufgewühlte Donna Elvira, um mit seiner Registerarie die Flucht Don Giovannis vor ihr zu decken. Ein Wunder, daß die nun doppelt Beleidigte – sie figuriert ja im Register als eine der »mille e tre« in Spanien – diesem Katalog so lange und geduldig zuhört. Üblicherweise also zeigt uns eine durchschnittlich aufgeweckte Regie diese Donna in einer Pantomime als Hysterica, eine groteske Virtuosin ihrer Leiden.

Doch ihr Pathos ist so wenig komisch wie die ungebrochen höllisch gute Laune Don Giovannis. Von der sich die bieder gute Laune Leporellos abhebt, mit der er uns erst sein Zählwerk präsentiert, um dann das weibliche Angebot weiter durchzumustern, nach Stand, Figur, Temperament, Haar- und Hautfarbe. Sein Blick auf die Welt scheint naiv und zynisch, konsumorientiert: Alles ist Ware, das Fleisch wie das Gemüt.

So weit begreift er das Triebwesen seines Herrn und damit genug, um dessen Treiben, da nicht erzählbar, zu reduzieren in eine Aufzählung und danach die Weiberschar doch zu ordnen nach gewissen Differenzen. Ganz blind und wahllos wählt sein Herr also nicht. Er sieht und schätzt die Unterschiede, berücksichtigt auch die Jahreszeiten – »Volle liebt er für den Winter, doch im Sommer schlanke Kinder« – und schließt auch Alte und Häßliche nicht aus. Jedoch: »Wofür er stets erglühte, ist der Jugend erste Blüte.«

Was wir und Leporello allerdings nicht sehen, ist irgendeine Steigerung, eine zeitliche Ordnung in der Abfolge der Fälle und Frauen. Alle stehen sie nur nebeneinander, sind irgendwann und irgendwo wie Meteoriten kurz aufglühend über Don Giovannis erotischen Himmel gezogen, um dann erlösend, erloschen hineinzufallen in dieses Register. Erinnerungen oder gar Erfahrungen scheinen sie in ihrem Eroberer nicht zu hinterlassen. Das wird sich auch nicht ändern, wenn nun da Ponte und Mozart ihren Helden zwei Akte lang von zwei Frauen und ihren schmerzhaften Erinnerungen jagen lassen. Denn Giovannis Energie ist längst konzentriert auf den nächsten Fall, auf Zerline, und am Ende überrascht ihn, der ohne Vergangenheit und Zukunft lebt, auch sein Ende.

Ein Blick auf Natalien beruhigte ihn einigermaßen, indem sich in diesem leidenschaftlichen Augenblick, ihre Gestalt und ihr Wert nur deso tiefer bei ihm eindrückten.

Ja, sagte er zu sich selbst, indem er sich allein fand, gestehe dir nur, du liebst sie, und du fühlst wieder, was es heiße, wenn der Mensch mit allen Kräften lieben kann. So liebte ich Marianen, und ward so schrecklich an ihr irre; ich liebte Philinen und mußte sie verachten. Aurelien achtete ich, und konnte sie nicht lieben; ich verehrte Theresen, und die väterliche Liebe nahm die Gestalt einer Neigung zu ihr an, und jetzt da in deinem Herzen alle Empfindungen zusammentreffen, die den Menschen glücklich machen sollten, jetzt bist du genötigt zu fliehen! Ach! warum muß sich zu diesen Empfindungen, zu diesen Erkenntnissen das unüberwindliche Verlangen des Besitzes gesellen?

Einen »armen Hund« hat Goethe seinen Wilhelm Meister genannt, aber zugleich erklärt, wie er das meinte: nur an einem solchen lasse sich »das Wechselspiel des Lebens und die tausend verschiedenen Lebensaufgaben recht deutlich zeigen«. So wird der arme Hund also einen Roman lang reich beschenkt, mit Erfahrungen und Enttäuschungen, mit Illusionen und Irrtümern, aus denen er Gewinn schlagen kann und soll, mit Freunden, Frauen und Gönnern. Er soll Karriere machen, auch in der Liebe sich fortbilden, von Stufe zu Stufe steigen, mit Abstürzen zwischendurch.

Und doch hören wir ihn kurz vor dem dann doch glücklichen Ende noch einmal klagen über sein Mißgeschick gerade mit Frauen. Wilhelm hat keinen Leporello, er muß seine Registerarie selbst singen, und die verzeichnet nur fünf Lieben. Der Leser stutzt, zählt nach und darf rätseln, warum zwei andere nicht dazugezählt werden, um die Märchenzahl Sieben komplett zu machen. Vergessen, unterschlagen werden die verstohlene Liebe zu einer verheirateten Gräfin und vor allem die tiefste, heimlichste und auch Wilhelm unheimliche Faszination durch Mignon, das zigeunerisch fremde, anziehend androgyne Kind, das Wilhelm als Adoptivtochter an sich ge-

bunden hat, aber auch als »Mignon«, was ja »Liebling« bedeutet.

Sieben Frauenangebote also macht der Roman seinem Meisterschüler, sieben Liebesproben durchläuft er. Drei dieser Frauen sind adelig, drei Schauspielerinnen, und Mignon, wieder in einer Zwischen- und Ausnahmestellung, ist beides, Schaustellerkind und Frucht eines Inzests in einer oberitalienischen Adelsfamilie. Nur in Adels- und Komödiantinnenkreisen also kann Meisters schöne Liebeskarriere funktionieren, jenseits der bürgerlichen Gesellschaft. Für ein Gretchen oder eine Christiane, für eine realistische Geschichte der Verführung eines Kleinbürgermädchens wäre kein Platz im Roman. Das würde die nach oben strebende Handlung, die vorbildliche Steigerung des armen Hundes gefährden.

Eine »Wallfahrt nach dem Adelsdiplom« hat Novalis dieses Karrieremärchen genannt, denn Wilhelm ist ja die von Herkunft und Gemüt edle Natalie, deren Verlust er voreilig schon bejammert, durchaus zugedacht. Dazu braucht es freilich ein Finale, das den Roman endgültig aus den Angeln zu heben scheint, heraus aus aller realistischen Bodenhaftung und hinein in die Glücks- und Kunstsphäre eines Komödienschlusses.

> »O Ihr werdet Wunder sehn!
> Was geschehn ist, ist geschehn,
> Was gesagt ist, ist gesagt.
> Eh es tagt,
> Sollt Ihr Wunder sehn.«

So singt der kommende Schwager Wilhelms, der schon einmal als Knabe Amor für ihn gekuppelt hat, bevor Meister die herrliche Natalie zugeführt wird: »Natalie ist Dein! ich bin der Zauberer, der diesen Schatz gehoben hat.« Heller Zauber, fauler Zauber? Mit Komödieneile, Komödienschwung richtet der Roman nach unendlichen Umwegen seinem Helden das glückliche Ende. Ein Glück, dem zuliebe vorher drei Frauen sterben mußten, auch Mignon, die Unerreichbarste. Das neunzehnte Jahrhundert wird die bittere Gegenrechnung zu diesem Glückszauber präsentieren, allen voran wieder Flaubert.

Ich persönlich empfinde die Übertreibungen, an denen die Frauen Gefallen finden, als eine Profanierung der wahren Liebe; so daß man schließlich nicht mehr weiß, wie man sich ausdrücken soll, besonders vor Frauen ... die ... Geist haben.«

Sie betrachtete ihn mit halbgeschlossenen Liedern. Er senkte die Stimme und neigte sich zu ihrem Gesicht.

»Ja! Sie flößen mir Furcht ein! Ich beleidige Sie vielleicht? ... Verzeihung! ... Ich wollte das alles nicht sagen! Es ist nicht meine Schuld! Sie sind schön!«

Frau Dambreuse schloß die Augen, und die Leichtigkeit seines Sieges überraschte ihn. Die großen Baumwipfel im Garten, die leise wogten, hielten inne. Reglose Wolken streiften den Himmel mit langen roten Bändern, es war, als hielte die ganze Natur ihren Atem an. Und traumhaft standen ähnliche Abende, eine gleiche Stille vor seinem Geist. Wo war das nur? ...

Er sank auf die Knie, ergriff ihre Hände und schwor ihr ewige Liebe.

Frédéric, Held und Opfer der Flaubertschen »Éducation sentimentale«, ist auf die Knie gesunken vor der reichen Bankiersgattin Dambreuse und damit auf die letzte Stufe seiner kläglichen Liebeskarriere. Für ihn ein Höhepunkt, denn nun glaubt er sich, die Treppe im Palais Dambreuse hinabsteigend – hinabsteigend! –, endlich oben in der »höheren Welt aristokratischer Ehebrüche und eleganter Intrigen«. Da der lästige Bankier schon im nächsten Kapitel stirbt, könnte der Ehebruch sogar legalisiert werden, und Frédéric wäre endgültig im Zentrum der Macht und des Reichtums. Was also fehlt?

Es fehlen in der Rechnung, die kurz aufzugehen scheint, die drei anderen Lieben, durch die der Roman seinen Helden in stetem Wechsel gegängelt hat, also die solide Partie auf dem Lande mit einem Nachbarskind, die beschwingte erotische Liaison mit der auch anderen Herren zugänglichen, der freundlichen und doch käuflichen Rosanette, und es fehlt vor allem die fast ein Jahrzehnt durchgehaltene romantische Passion für die letztlich unerreichbare Madame Arnoux. Doch so-

gar ihr ist Frédéric einmal an langen schwärmerischen Aben-
den ganz nahe gekommen, und auch damals schien die Natur
den Atem anzuhalten: »Wo war das nur?« Im Augenblick des
Vergessens, des Liebesverrats, zitiert Flaubert diese flüchtige
Erinnerung in Frédérics schwüle Verführungsszene, die mit
einer kniefällig beschworenen ewigen Liebe endet.

So wie hier, auf diesem trüben Höhe- und Tiefpunkt, arbeitet das Flaubertsche Erziehungs- und Erzählprogramm fortlaufend. Statt das Viererensemble der Frauen zu ordnen als
Staffel oder Treppe, zur Steigerung des Helden, zum wilhelm-
meisterlichen Bildungsroman, läßt Flaubert die Passionen sich
immer wieder ineinanderblenden, sich vermischen, trüben,
schwächen. Nichts schreitet fort, alles kreist und erzeugt
Schwindel, im Helden wie in seinem Leser. »Wo war das nur?«
heißt immer auch: »Wo bin ich nun?« und: »Wo läuft das alles
hin?«

Zwei Kapitel weiter, den eigentlichen Roman beendend –
dem dann noch zwei trostlose Epiloge folgen –, wird der Erzähler in seiner Art stiller, doch folgerichtiger Raserei seinem
Zögling Frédéric alle vier weiblichen Figuren vom Spielfeld fe-
gen – tabula rasa, rien ne va plus. Und höchst zweifelhaft
bleibt, ob das Objekt dieser radikalen Erziehungs- und Entziehungskur aus ihr irgendetwas lernen kann. Was ja auch der
erbarmungslosen Logik dieses Antibildungsromans zuwider
wäre.

Wer bestraft hier eigentlich wen? Etwa Flaubert auch sich
selbst, seinen Glauben an schöne Worte, reiche Gefühle, an die
herrlichen Verblendungen der Liebe? Auf so naheliegende und
schlichte Fragen gibt der Roman, sich ruhig weiterbewegend
von Katastrophe zu Katastrophe, keinerlei Antwort. Wenn er
Mitgefühl zeigt, trotz durchgehaltenem Programm der impas-
sibilité, dann nur wie in dieser Szene die Natur, durch ein Zuschauen also, das seinen Schrecken stumm und reglos, durch
gleichsam angehaltenen Atem zeigt und verbirgt.

SOPHIE DECHANT
Weißt du denn, wie ich heiße? Ich heiße Sophie Dechant.

BAAL Du mußt es vergessen. *(Küßt sie.)*

SOPHIE DECHANT Nicht ... nicht ... Weißt du, daß mich noch nie einer ... so ...

BAAL Da war nie was, wo ich bin. Komm! *(Er führt sie zum Bett. Hinten. Sie setzen sich.)* Ich wurde zum Teufel gejagt und meine Mutter dauert mich. Ein Freund von mir geht daran kaputt, daß ich sein Mädel zusammengehauen habe. Von ihr fehlt jede Spur. Die Frau meines Chefs ist schwanger von mir und hat die Hölle daheim. Ich kann keinem helfen. Hilf du mir! Du mußt mich liebhaben. Dazu hab ich dich geholt.

SOPHIE DECHANT So bist du? ... Und ich hab dich lieb.

BAAL *(legt den Kopf an ihre Brust)* Jetzt ist Himmel über uns. Und wir sind allein, weiße Wolke. Hast du Gedanken?

SOPHIE DECHANT Viele, aber ich weiß nicht was.

BAAL Sie gehen wie Wolken unter einem grünen Himmel, der unsagbar hoch ist, nicht?

SOPHIE DECHANT Du bist so häßlich, Baal. Und ich habe dich lieb.

DIE MUTTER BAALS *(ist eingetreten. Steht im Finstern)* Baal!

Brechts Baal treibt und taumelt durch sein Stück als Dichter, Sänger und Säufer, als Verbraucher von Freundschaften und Frauen. Zielbewußt abwärts führt sein Weg. Wo immer er drin war, ob auf einer Party, in einem Büro und Beruf, in einer Absteige, da fliegt er raus. Als sozialer Auswurf, Provokation der Gesellschaft ist diese Figur konzipiert, als Gegenwurf zu Hanns Johsts pathetischem Geniedrama »Der Einsame«. Das Genie Baal soll nicht mehr der tragische höhere Mensch sein, sondern ein Gegenmensch, ein Urviech, das nur noch seinen Instinkten folgt. Die Weiber, ob Fabrikantengattin, Kellnerin, Jungfrau oder Schauspielerin, können ihn zwar noch kurzfristig inspirieren wie Musen, doch läßt er sie, kaum gebraucht und verbraucht, achtlos am Wege liegen, wie Abfall.

Frauen gehören also zu Baals Stoffwechsel mit der Welt. Sie reizen und sie stören ihn. Denn sie kleben, wünschen sich Dauer, kriegen Kinder. Kein Gedanke jedenfalls daran, daß sie oder die Liebe ihn steigern könnten und sollten. Das gehört für Brecht wie für Baal zu den öden bürgerlichen Legenden, von denen das Stück sich grinsend und grölend verabschiedet. Wäre da nicht eine Dunkelheit im Stück, die Brecht, lebenslang ein Muttersöhnchen in der Macho-Rolle, in den späteren Fassungen beflissen verharmlost, aber nicht ganz getilgt hat: der mächtige Schatten, den die Baalmama auf ihren wüsten Sohn wirft. Vor ihr flieht er in seine Weibergeschichten, aus ihnen dann in eine Männerliebe. Es zieht ihn hin in diese weibliche Welt, und er reißt sich weg von ihr.

Alles in allem eine negative Karriere, in der sich Baal mit aller Energie zugrunde richtet. Im Fleisch, im Weiberfleisch vor allem riecht er die Verwesung, die Vergänglichkeit. Sie schreckt ihn, sie saugt ihn an, in ihr will er versumpfen. »Er hat den Ernst aller Tiere«, schreibt der zwanzigjährige Brecht über seinen Baal. Wie ein Orang-Utan hat er die Schauspielerin Sophie Dechant auf der Straße angefallen, sagt sie. Wie ein Stier möchte er sterbend zusammenbrechen, sagt er.

Sein Ende in der letzten Szene fällt dann ganz anders aus. Wie ein Wurm kriecht er aus einer Waldhütte hinaus unter den Sternenhimmel. Nachdem er, erstaunlich genug, noch einmal den lieben Gott und die Mama als Sterbehelfer angerufen hat, lautet sein und des Stückes letzter Seufzer: »Sterne ... hm.« Als ob eine zu Tode geschundene Kreatur heimkehren wollte in den Kosmos. So wird auch im »Choral vom großen Baal« sein Lebenslauf als Kreislauf vom »weißen Mutterschoß« zum »dunklen Schoß« der Mutter Erde besungen:

> Und wenn Baal der dunkle Schoß hinunterzieht:
> Was ist Welt für Baal noch? Baal ist satt.
> Soviel Himmel hat Baal unterm Lid,
> daß er tot noch grad gnug Himmel hat.

Die Bücher lagen zuhauf auf dem Lampentischchen, eins lag am Boden, neben dem Liegestuhl, auf der Matte der Loggia, und dasjenige, worin Hans Castorp zuletzt geforscht, lag ihm auf dem Magen und drückte ⟨…⟩ Er hatte die Seite hinunter gelesen, sein Kinn hatte die Brust erreicht, die Lider waren ihm über die einfachen blauen Augen gefallen. Er sah das Bild des Lebens, seinen blühenden Gliederbau, die fleischgetragene Schönheit. Sie hatte die Hände aus dem Nacken gelöst, und ihre Arme, die sie öffnete und an deren Innenseite, namentlich unter der zarten Haut des Ellbogengelenks, die Gefäße, die beiden Äste der großen Venen, sich bläulich abzeichneten, – diese Arme waren von unaussprechlicher Süßigkeit. Sie neigte sich ihm, neigte sich zu ihm, über ihn, er spürte ihren organischen Duft, spürte den Spitzenstoß ihres Herzens. Heiße Zartheit umschlang seinen Hals, und während er, vergehend vor Lust und Grauen, seine Hände an ihre äußeren Oberarme legte, dorthin, wo die den Triceps überspannende, körnige Haut von wonniger Kühle war, fühlte er auf seinen Lippen die feuchte Ansaugung ihres Kusses.

In Hans Castorp oben auf seinem Zauberberg erkennen wir ihn wieder, den folgsamen Zögling eines Bildungsromans, der eifrig zusammenarbeitet mit seinem Autor, um sich Stufe um Stufe steigern zu lassen in seinen Erfahrungen und Erkenntnissen, auch und gerade in der Liebe. Dazu läßt ihm diese auch genügend Zeit, denn mit Madame Clawdia Chauchat kommt es sieben lange, bange Monate nur zu einer Kommunikation durch Blicke, Grüße, Verbeugungen. Um so süchtiger staut sich Hans' Passion hinter dieser Fassade gesellschaftlicher Konvention, süchtig auch nach Wissen. Was ein Körper ist, was Leben, was Krankheit, wie Tod und Liebe zusammenhängen, das alles will er erfahren, zur Not auch aus Büchern, die sich um seinen Liegestuhl schichten, bei deren Lektüre der Leser durchhalten muß mit seinem Helden.

Hier also geht Liebe wahrhaft (und nicht nur redensartlich) »unter die Haut«. Wie es im Körperinneren aussieht, also auch im Inneren seiner schönhäutigen, doch innen lungen-

SELBSTBEREICHERUNG

kranken Clawdia, das hat der Zauberlehrling im »Durchleuchtungslaboratorium«, also vor dem Röntgenschirm, erfahren, schon bevor er ansetzt zu seinen weit ausgreifenden »Forschungen« – so der Titel des Kapitels, das mit dem Traumbild vom »blühenden Gliederbau«, der »fleischgetragenen Schönheit« des Lebens endet. Des Lebens, das plötzlich im nächsten Satzanfang das Geschlecht wechselt und als »sie«, als für den Leser unverkennbare Imagination Madame Chauchats den Träumer umarmt und küßt, der trotz »Lust und Grauen« wohlinformiert weiß, wo und wie ihre Venen laufen, wo die Haut den Trizeps überspannt und daß ihr Herz dem seinen einen »Spitzenstoß« sendet.

Dieser Hans Castorp mit den täuschend »einfachen blauen« Augen hat seine Clawdia durchschaut, erkannt, bevor er sie im biblischen Sinne in einer Karnevalsnacht tatsächlich »erkennen« wird. Erkenntnisgewinn oder, altmodischer gesagt, Herzensbildung aus allem zu schlagen, was ihm widerfährt, das ist seine, wie er später im Auftrag seines Autors gesteht, »phlegmatische Leidenschaft«. Genau die wird ihm Madame Chauchat, die Muse dieser Leidenschaft, später vorwerfen. »Leidenschaft«, so belehrt sie ihren deutschen Hans, »das ist: um des Lebens willen leben. Aber es ist bekannt, daß ihr um des Erlebnisses willen lebt. Leidenschaft, das ist Selbstvergessenheit. Aber euch ist es um Selbstbereicherung zu tun. C'est ça.«

Es hätte nicht dieses nachschnappenden »C'est ça« bedurft, um uns klarzumachen, wen Madame hier mit »ihr« und »euch« meint: diesen Hans und uns Deutsche alle mit unserem Wahn und Drang, die Welt mit ihren Zumutungen und Überraschungen, das sei ein Weltkrieg oder eine Liebe, als einen Fortbildungskurs für unsere Seele anzusehen und zu nutzen. Aber, so meint der verschlagene Hans, zwischen nur leben und alles erleben wollen wäre der Unterschied so scharf nicht: »Ich meine, die Grenze ist fließend.«

Wer verliert, gewinnt

TASSO Ist alles denn verloren? Hat der Schmerz,
Als schütterte der Boden, das Gebäude
In einen grausen Haufen Schutt verwandelt?
Ist kein Talent mehr übrig, tausendfältig
Mich zu zerstreun, zu unterstützen?
Ist alle Kraft verloschen, die sich sonst
In meinem Busen regte? Bin ich Nichts,
Ganz Nichts geworden?
Nein, es ist alles da, und ich bin nichts;
Ich bin mir selbst entwandt, sie ist es mir!
⟨...⟩   Nur Eines bleibt:
Die Träne hat uns die Natur verliehen,
Den Schrei des Schmerzens, wenn der Mann zuletzt
Es nicht mehr trägt – Und mir noch über alles –
Sie ließ im Schmerz mir Melodie und Rede,
Die tiefste Fülle meiner Not zu klagen:
Und wenn der Mensch in seiner Qual verstummt,
Gab mir ein Gott, zu sagen wie ich leide.

*Goethes Tasso ist ein ebenso gehemmter wie unbändiger
Mensch. Wird er je Wirklichkeit wahrnehmen, ohne sie zu
trüben, zu steigern durch lebhafte Imagination? Das fragen
sich besorgt die ihn umkreisenden vier Mitspieler im Stück
und am Hof von Ferrara. Dort hat er eben sein Epos »Das befreite Jerusalem« dem fürstlichen Gönner abgeliefert und
scheint in diesem höchstgestimmten Augenblick nicht frei von
dem Wahn, ein Jerusalem in Worten zu befreien, das wäre so
gut wie eine Heldentat in der realen Welt.*

*Denn er möchte mehr sein als nur Dichter, nur Träumer,
Entwerfer von Wortwelten, möchte wie ein »Held« handelnd
eingreifen im Raum der Praxis und Politik, erfolgreich, ruhm-
reich. Und außerdem möchte der am Hof als Poet zwar hoch
geschätzte, doch als Asylant nur geduldete Kleinedelmann
auch noch eine unerreichbar hohe Frau lieben dürfen, die Prinzessin von Este. Das ist viel auf einmal, zu viel. Zwei seiner
hochfahrenden Projekte werden im Lauf des Stücks jämmerlich scheitern: erst sein Versuch, sich im feudalen Machtgefüge*

als »Held« zu behaupten, dann kurz vor diesem Schlußgesang auch seine platonische Liebe zur Prinzessin. Er verliert sie, als er mit Worten und schließlich mit physischer Gewalt sie an sich zu reißen sucht und damit das doppelte Distanztabu zu dieser hohen Frau und seiner Muse bricht.

Der Jammer ist so groß wie die Verluste. Tassos Existenz und Lebensentwurf, das »Gebäude« seiner Werte und Wünsche, scheint wie in einem Erdbeben zusammengestürzt, ein »grauser Haufen Schutt«, und er nun »Nichts, ganz Nichts geworden«. Verloren scheint sein Wichtigstes, sein »Talent«, die eben noch in Größenphantasien geblähte »Kraft«: Sie ist ihm und er sich »selbst entwandt«. Wie gut, wenn man in tiefster Depression genügend Wut hat, um sich so tief unter die Wasseroberfläche zu drücken, daß dort unten die Auftriebskräfte unweigerlich wieder nach oben treiben.

Acht Verszeilen später – wir haben sie übersprungen – beginnt der Auftrieb. In einem einzigen, weitgespannten, reich gegliederten Satzbogen wird unter allen leidig aufsatzreifen Zitaten des Stücks das allerbekannteste, allerhaltbarste erreicht: Ein Gott gab Tasso zu sagen, wie er leidet. Der Ton liegt hier auf »wie«, denn bloß schreien oder heulen im Schmerz, das kann von Natur aus jeder, wie Tasso vorher selbstbewußt feststellt. Sein Fall liegt anders: Alles hin, doch eines bleibt, die Verwandlung von Schmerz in »Melodie und Rede«, in Kunst, Ausdruckskunst. Mit ihr kann man zwar kein Jerusalem mehr befreien, wohl aber sich selbst.

Wer verliert, gewinnt, nämlich Worte, Gesang, Literatur. Tasso singt nur nach, was seit der Eurydike-Klage des Orpheus oder seit Petrarcas hoffnungsloser Laura-Anbetung die abendländischen Liebesklagen traurig, trotzig befeuert hat. An dieser Glut konnten sich dann auch die wärmen, die immer nur verlieren, ohne davon noch schön und tief und haltbar singen zu können.

Nina Ich bin eine richtige Schauspielerin, ich spiele mit Genuß, mit Begeisterung, berauscht auf der Bühne und fühle mich herrlich. Und jetzt, solange ich hier bin, gehe ich die ganze Zeit zu Fuß, gehe die ganze Zeit und denke, ich denke und fühle, wie mit jedem Tag meine inneren Kräfte wachsen. – Ich weiß jetzt, ich verstehe, Kostja, daß für unsere Arbeit ... egal, ob wir Theater spielen oder schreiben – die Hauptsache nicht der Ruhm ist, nicht der Glanz, nein, nicht das, wovon ich geträumt hatte, sondern leiden zu können. Trage dein Kreuz und glaube. Ich glaube, und es tut mir nicht mehr so weh, und wenn ich an meinen Beruf denke, habe ich keine Angst mehr vor dem Leben.

In Tschechows Menschentheater bleibt kein Unglückspaar allein, es gibt immer noch ein zweites, ein drittes und oft ein viertes. Man liebt parallel und über Kreuz, doch fast immer vergeblich. Weil aber alle diese Trauerfälle sich so kraus verschlingen und ineinander spiegeln, verliert der einzelne bald an Gewicht und wird leider auch komisch. Mindestens für den Zuschauer, der ja anders als die Verstrickten ihr vergebliches Sehnen und Werben durchschaut, auch die Wonne im Schmerz erkennt, diese Sucht nach Verwundung, den Ehrgeiz im Martyrium. So auch an Nina, der »Möwe«, dem ärmsten Opfer in dem nach ihr benannten Stück. Die anderen spielen dort jeweils nur eine Unglücksrolle, sie dagegen versucht sich in einer doppelten. Als Muse hat sie sich dem erschlafften Novellisten Trigorin angeboten mit dem Locksatz: »Wenn du je mein Leben brauchst, dann komm und nimm es.« Und Trigorin braucht und kommt und nimmt. Aber das Musenopfer wirft nicht mehr ab als nur, wie von Trigorin geplant, das »Sujet für eine kleine Erzählung«. Danach bleibt der Novellist, durchaus ungesteigert, was er immer schon war, ein beflissener Lieferant von mittelmäßigem Lesestoff. Kein Orpheus er, sie keine Eurydike. Der alte Mythos von der Verwandlung eines Liebesverlusts in Kunstgewinn will sich nicht mehr regenerieren.

Oder doch? In ihrem letzten, hochverwirrten Auftritt vor ihrem Jugendfreund Kostja scheint Nina genau das zu hoffen.

Die mißbrauchte und verlassene Muse möchte nun selbst das alte Versprechen von der Aufhebung des Leidens in ästhetischer Authentizität neu beglaubigen, als Rache vielleicht auch an dem Lebens- und Kunstversager Trigorin. Was sie da verkündet in fragmentarisch wirren Sätzen, die plötzlich fest und feierlich münden und ein Bekenntnis zum Leiden als Grund aller Kunst sind, das klingt wie ein Monolog. Doch gesprochen wird der ausgerechnet vor Kostja, der sie immer noch hoffnungslos und verzweifelt liebt, dem es an Unglücks- und Verlusterfahrung also nicht fehlt, der wie besessen Texte produziert und doch ein fiebriger Dilettant bleibt. Wieder also ein Bruch mit der alten Wer-verliert-gewinnt-Verheißung.

Dieser Kostja wird sich kurz nach der letzten Begegnung mit Nina eine Kugel in den Kopf schießen. Seine Geschichte und Tschechows Stück sind damit zu Ende. Trigorin wird, das läßt sich voraussehen, sein Leben weiterfristen als Wiederholung von Wiederholungen, wie die anderen Personen des Stücks auch. Bleibt Nina, die Möwe. Sie überlebt und mit ihr auch die offene Frage, ob sich für sie, die Schauspielerin, die Last des Leidens, das »Kreuz« nicht doch noch lohnen könnte. Wenn nicht mit einer Steigerung ihrer Kunst – mit der es so weit nicht her ist, wie wir ahnen –, so doch mindestens ihrer Widerstandskraft gegen die Zumutungen des Lebens. Vielleicht auch nur mit der Illusion, diese Steigerung zu erleben, diese Widerstandskraft zu spüren, keine Angst mehr zu haben, vor keinem Verlust. Traurige Überlegungen, aber nur für Figuren, die er wirklich liebt, läßt Tschechow auch am Ende noch alle Fragen offen und verlängert damit ihre Geschichte ins Unendliche.

Man arbeitet schlecht im Frühling, gewiß, und warum? Weil man empfindet. ⟨...⟩ Liegt Ihnen zu viel an dem, was Sie zu sagen haben, schlägt Ihr Herz zu warm dafür, so können Sie eines vollständigen Fiaskos sicher sein. Sie werden pathetisch, Sie werden sentimental, etwas Schwerfälliges, Täppisch-Ernstes, Unbeherrschtes, Unironisches, Ungewürztes, Langweiliges, Banales entsteht unter Ihren Händen, und nichts als Gleichgültigkeit bei den Leuten, nichts als Enttäuschung und Jammer bei Ihnen selbst ist das Ende ... Denn so ist es ja, Lisaweta: Das Gefühl, das warme, herzliche Gefühl ist immer banal und unbrauchbar, und künstlerisch sind bloß die Gereiztheiten und kalten Ekstasen unseres verdorbenen, unseres artistischen Nervensystems.

Jede Jahrhundertwende artikuliert ihre eigenen Schmerzen. Vor hundert Jahren also wollten Künstler keine Bürger mehr sein, und das um so heftiger, je mehr sie es noch waren. Im Schwabinger Atelier seiner Malerfreundin Lisaweta (Schellingstraße, Rückgebäude, drei Stiegen hoch) steht folglich Tonio Kröger und predigt seinen ebenso wehen wie kalten Entwurf künstlerischer Existenz. Ausgeschlossen von menschlicher Normalität müsse man sein, ein ewiger Zuschauer, fühllos und präzise, um mit kalter Kunst die Worte so zu fügen, daß sie als sprachlicher Gegenentwurf zur Welt sich an dieser rächen, ihre Unabhängigkeit und Überlegenheit demonstrieren können.

Das klingt zwar schwabingerisch provokant und nach rasch verdauter nietzscheanischer Künstlerpsychologie, doch in der Novelle ziehen diese Tiraden die fällige Summe aus der vorher erzählten Jugendgeschichte des zarten Tonio mit dem biederen Bürgernamen Kröger. Einen sehr blonden Hans und eine ewig lustige Inge glaubte er damals zu lieben. Doch diese beiden, blind normal und vital, wollten wie alle diese Blonden, Lebendigen, Glücklichen nichts wissen von Tonios Außenseitersehnsucht und -kälte. So nahm er Abschied von ihnen und ging »den Weg, den er gehen mußte«, machte Karriere und Kunst, geriet in »Erstarrung: Öde; Eis; und Geist!« Geriet also auf das Gegenufer zum Leben mit seinen »Wonnen der Gewöhn-lichkeit«.

Wer so, in Stichworten, das Krögersche Dekadenz- und Jahrhundertwende-Pathos nachzubeten versucht, gerät un-weigerlich in den Sog seiner mokanten Zweideutigkeit. Noch in ihrer Bitterkeit klingen ja Krögers Beschwerden klamm-heimlich amüsant und amüsiert. Wie die schmucken Lyris-men, mit denen Thomas Manns Erzählsprache den Jammer-helden und seine Geschichte ausstattet, die es mit ihm und mit sich so ganz ernst auch nicht meinen, sondern ironisch schim-mern. Nichts steht hier endgültig fest, alles scheint unzuver-lässig, ambivalent.

Das gilt auch für die patente Gewinn-und-Verlust-Rech-nung in Lisawetas Atelier, in der Gefühlskälte und Kunst-triumph gegeneinander bilanziert werden. Denn Thomas Manns Novelle und Krögers Künstler-Bürger-Konflikt werden noch in eine langwierige Revision gehen. Re-Vision ist hier wörtlich gemeint: Hoch im Norden, in Dänemark, wird Kröger seinen blonden Hans und die lustige Inge als Wiedergänger noch einmal sehen. Danach zieht er die Summe aus seinen Er-fahrungen und schreibt seiner Beichtschwester Lisaweta das Ergebnis, daß er nämlich am liebsten nur halb verlieren möchte, um doppelt zu gewinnen.

Auch schreibend, so schreibt er, will er künftig seiner ver-lorenen Bürgerheimat, dieser blonden, blauäugigen, geistes-armen und (folglich) glücklichen Normalwelt, die Treue hal-ten, sie nicht mehr abstrafen mit Kälte, sondern sich zu ihr bekennen, mit »Sehnsucht« und »schwermütigem Neid und ein klein wenig Verachtung und einer ganzen keuschen Selig-keit«. So die allerletzten Worte der redseligen Geschichte: Was für ein dissonantes Ensemble, in dem Wärme und Kälte, Ge-winn und Verlust sich endgültig nicht mehr scheiden lassen.

Es war traurig für mich zu denken, daß meine Liebe, auf die ich so großes Gewicht gelegt hatte, in meinem Buche derart von einem bestimmten Wesen losgelöst auftreten werde, daß die verschiedensten Leser meine Gedanken darüber genauso gut auf das würden anwenden können, was sie selbst für andere Frauen empfunden hatten. Aber sollte ich mich über eine solche posthume Untreue oder auch darüber entsetzen, daß der eine oder andere Leser zum Gegenstand meiner Gefühle unbekannte Frauen machen könnte, wenn doch diese Untreue, die Verteilung der Liebe auf verschiedene Wesen schon zu meinen Lebzeiten und bevor ich noch schrieb ihren Anfang genommen hatte? Ich hatte nacheinander um Gilberte, um Madame de Guermantes, um Albertine gelitten. Nacheinander auch hatte ich sie vergessen, und einzig meine diesen verschiedenen Wesen geweihte Liebe war unzerstörbar gewesen.

Marcel, der Ich-Erzähler der Proustschen »Recherche« ist eingetreten in die Schlußphase des siebenbändigen Romans. Drei körperliche Sensationen, ein Tritt auf unebenem Boden, der Klang eines Tellers, die Berührung einer Serviette haben in ihm eine Kaskade von Erinnerungen ausgelöst, und begeistert, erleuchtet blickt er zurück in seine Vergangenheit. Lebenszeit verwandelt sich in Erinnerungsraum, perspektivisch gestaffelt, geordnet. Wie ein Pfingstwunder erlebt Marcel alias Proust diesen Augenblick der Inspiration, wo sein künftiger Roman in ihm zu raunen und zu reden beginnt, den er nun schreiben wird und muß und kann – und den wir, die Leser, in diesem Augenblick doch fast zu Ende gelesen haben!

Marcel also betritt das Palais Guermantes zu einer Matinee, auf der sich die Menschen seines Romans als Masken und Gespenster noch einmal um ihn versammeln werden. Dreihundert Seiten noch bis zum Romanende, und wir werden auf ihnen das Palais nicht mehr verlassen. Aber zunächst sind wir mit Marcel eingesperrt in einen über achtzig Seiten laufenden Gedankenmonolog und einen Bibliotheksraum, wo der verspätete Gast auf Einlaß warten muß. Dort – nun wird der Raum zur Zeit – müssen wir in unendlich spiralenden oder

terrassenhaft sich steigernden Sätzen Marcels Erleuchtungs-
rausch mitvollziehen, den Entwurf und die Begründung eines
Romans, der Leben verwandeln soll in Literatur, Zeit in Sprache, Sprache in ein Medium der Erkenntnis.

»Denn die wahren Paradiese sind Paradiese, die man verloren hat«, das wird die federführende Losung des Erzählwerks
sein, weil »einzig das Abwesende Gegenstand der Imagination
sein kann.« Im Bann dieser Einsicht sollen die Menschen, die
Begeisterungen und Leiden des Marcelschen Lebens wieder-
auferstehen zu ihrem wahren Leben, in immaterieller Sprache
und Schrift. Und dieser prognostische Jubel erfaßt schließlich
auch Marcels Liebeserfahrungen, alle gezeichnet von Desillu-
sion und Verlust. Aber gerade deshalb werden sie nun geprie-
sen, als verlorene Paradiese eben. Außerdem: ohne Martyrium
kein Werk. »Soll das Leiden umsonst gewesen sein?« läßt Thomas Mann in einem ungleich knapperen Monolog seinen
Schiller ausrufen: »Groß muß es mich machen!«

Gilberte also, Madame de Guermantes, Albertine, sie alle
müssen hineingeopfert werden in ihre literarische Wiederge-
burt, haben sie doch Marcel »schließlich nur wie einem Maler
Modell gestanden«. Modell für allgemein gültige Liebes-, und
das heißt Unglückserfahrungen, so daß es in der Erzählung
auf sie als Einzelwesen und Einzelfälle nicht mehr ankommt.
Denn, noch einmal: »Was das Glück anbelangt, so dient es fast
nur einem nützlichen Zweck, das Unglück möglich zu machen.« Nur dieses öffnet die Augen, macht Erkenntnis möglich, jedenfalls für diesen künftigen Autor, der düster bekennt:
»Man wartet auf den Schmerz, um an die Arbeit zu gehen.«

Für uns, so verspricht der Märtyrer, wird er schreiben, für
uns, die wir an einer Gilberte oder Albertine nicht gelitten haben, aber in Marcels Unglück mit diesen »bestimmten Wesen«
unsere eigenen Erfahrungen wiedererkennen dürfen und sollen. Denn: »Jeder Leser, wenn er liest, ist nur ein Leser seiner
selbst.«

Keiner von uns beiden ist also am Leben, wenn der Leser dieses Buch aufschlägt. Aber solange das Blut durch meine schreibende Hand pulst, bist du noch ebenso ein Teil seliger Materie wie ich, und ich kann noch immer von hier aus zu dir in Alaska sprechen. Sei deinem Dick treu. Laß keinen anderen dich berühren. Sprich nicht mit Fremden. Ich hoffe, du wirst dein Baby lieb haben. Ich hoffe, es wird ein Junge. Dein Mann wird dich hoffentlich immer gut behandeln, denn sonst wird mein Gespenst wie schwarzer Rauch, wie ein wahnsinniger Riese über ihn kommen und ihn in Stücke reißen, Nerv um Nerv. Und habe kein Mitleid mit C. Q. Man mußte zwischen ihm und H. H. wählen, und man wollte H. H. wenigstens ein paar Monate länger existieren lassen, damit er dich in der Phantasie späterer Generationen am Leben erhalten konnte. Ich denke an Auerochsen und Engel, an das Geheimnis zeitbeständiger Pigmente, an prophetische Sonette, an die Zuflucht der Kunst. Und dies ist die einzige Unsterblichkeit, an der du und ich gemeinsam teilhaben dürfen, meine Lolita.

In »Lolita« erzählt Nabokow eine doppelte, ja dreifache Verlustgeschichte. Weil Humbert Humbert in einem »Prinzenreich am Meer« (vulgo: an der französischen Riviera) mit dreizehn Jahren seine Kinderliebe Annabel verloren hat, bleibt er gebannt in die Passion fürs Dreizehnjährige, wird zum Nymphchenjäger und Liebhaber seiner Lolita, die er auch wieder verliert. An einen anderen Nymphophilen, so daß er sie erst als Neunzehnjährige wiederfindet, verbraucht, schwanger und in trostloser Armut mit einem netten Proleten namens Dick.

Doch das alles ist bloße Handlung, nur Vorwand und Vordergrund für eine ganz andere, tiefer greifende Verlustgeschichte, an der Nabokow und Humbert Humbert als Komplizen zusammenarbeiten. Seite um Seite demonstriert ihre Niederschrift, wie in einem Amerika der Motels, Comics und einer prüden Sexbesessenheit sich der schöne, schwüle Mythos der Nymphchenliebe unaufhaltsam auftreibt und pervertiert, ins Lächerliche, Pathologische, Kriminelle. Mit einem ungeheuerlichen Aufwand an Wortkunst kämpft das Buch ge-

gen diese ordinäre Welt, diese Gegenwelt zum märchenfernen »Prinzenreich am Meer«, ein ebenso hoffnungsloser wie triumphaler Rettungsversuch. Aus schäbigstem Material soll noch einmal der altabendländische Skandal verbotener Liebe zum Leuchten gebracht und in seiner Aura Humbert Humbert und seine Lolita alias Dolly auf Himmelfahrt geschickt werden in eine Kunstwelt aus nichts als Sprache. Daran arbeitet die Kunstanstrengung des Romans, spannt einen Bogen von seinem rauschhaften Einsatz – dieser Anrufung der »Lolita, Licht meines Lebens, Feuer meiner Lenden. Meine Sünde, meine Seele. Lo-li-ta: die Zungenspitze macht drei Sprünge den Gaumen hinab und tippt bei drei an die Zähne: Lo.li.ta.« bis zum Abgesang des Textes, der die in Alaska in Elend heruntergekommene Geliebte versorgt mit letzten Ratschlägen. Für sie und ihren Dick und gegen ihren Entführer und Schänder C. Q., den H. H. inzwischen in einer Racheorgie hingerichtet hat.

Noch einmal, kurz vor seinem Ende, taucht so der Roman hinunter in die Niederungen, in denen er unterzugehen drohte, gegen die er sich Satz um Satz zu behaupten suchte. Aber dann, in den letzten drei Sätzen, wird die Sprache, die Perspektive noch einmal gewaltig hochgerissen. In der Phantasie kommender Generationen, so verspricht Humbert Humbert sich und seiner Lolita, wird ihre gemeinsame Verlustgeschichte wieder auferstehen, gerettet in die Unsterblichkeit der Kunst, in die zweckfreie Schönheit von Auerochsen und Engeln und prophetischen Sonetten. Sollte das gelingen, dann wären der besessene Nymphchenjäger und sein Kaugummi kauender Teenie tatsächlich die Nachfahren anderer hoher Skandalpaare, von Tristan und Isolde, von Abaelard und Heloïse, von Wronskij und Anna Karenina.

Ich setze mich Malina gegenüber, es ist totenstill, und wir trinken unseren Kaffee. Was hat Malina? Er dankt nicht, er lächelt nicht, er bricht das Schweigen nicht, er macht keine Vorschläge für den Abend. Es ist aber sein freier Tag, und er will nichts von mir.

Ich sehe Malina unverwandt an, aber er sieht nicht auf. Ich stehe auf und denke, wenn er nicht sofort etwas sagt, wenn er mich nicht aufhält, ist es Mord, und ich entferne mich, weil ich es nicht mehr sagen kann. Es ist nicht mehr ganz furchtbar, nur unser Auseinandergeraten ist furchtbarer als jedes Aneinandergeraten. Ich habe in Ivan gelebt und ich sterbe in Malina.

Malina trinkt noch immer seinen Kaffee. Es ist ein ›Holla‹ zu hören vom anderen Hoffenster herüber. Ich bin an die Wand gegangen, ich gehe in die Wand, ich halte den Atem an. Ich hätte noch auf einen Zettel schreiben müssen: Es war nicht Malina. Aber die Wand tut sich auf, ich bin in der Wand, und für Malina kann nur der Riß zu sehen sein, den wir schon lange gesehen haben.

Ist Bachmanns »Malina« überhaupt ein Liebesroman? Im herzensschlichten Sinn des Wortes sicher nicht. Wohl aber ein Roman über das Schreiben eines Romans und über die einschlägigen Unkosten. Zu denen gehört hier, daß das erzählende weibliche Ich drei Männern ausgesetzt ist, einem verzweifelt geliebten Ivan, dem bedrohlich vernünftigen Malina und einem noch drohenderen Dritten Mann, einem mörderischen Albtraumvater. Das sind zwei zuviel, sagt der schlichte Alltagsverstand, der aber hier nicht gilt. Zuviel ist, wie sich am Ende ergibt, die Frau, die nun »in die Wand« geht, um dort zu verstummen, aber weiter zu lauschen. Übrig bleibt vor der Wand der ruhige, nüchterne Malina, dem das Erzähl-Ich vorher alle seine Geschichten überlassen hat: »Nimm sie alle von mir«.

Was wir damit in wirrer Klarheit in wenigen Zeilen zusammengefaßt haben, darüber ist inzwischen von Rätselratern und vor allem Rätselraterinnen eine ganze Bibliothek gelehrter Sekundärliteratur zusammengeschrieben worden. Aus der doch nur hervorgeht, wie anregend und erregend kompliziert alle das alles finden. Halten wir uns also getrost weiter an unsere forcierte, auch lückenhafte Kurzform der Darstellung.

Natürlich hat Bachmann ihren Proust gelesen und kennt nicht nur von ihm die große alte Männerlegende vom Lebens- und Liebesverlust, der sich verwandelt in Kunstgewinn. Klagend, ja resignierend scheint sie das alte Muster nachzuvollziehen, wenn Malina eingesetzt wird als Erzähler, dem die bis dahin erzählende Frau ihr Leben opfert. Die schwarzen Träume vom mörderischen Vater hat er ihr vorher wie ein Exorzist ausgetrieben durch ihre Aufklärung, die aussichtslose Liebe zum unerreichbaren Ivan hat er unerschüttert und offenbar hochbefriedigt verenden sehen. Nun sind die beiden allein und eins, ein Paar.

».. . daß ich doppelt bin. Ich bin auch Malinas Geschöpf«, hat uns die Erzählerin längst verraten und dieses Geheimnis dann paradox verschlüsselt: »Malina und ich, weil wir eines sind: die divergierende Welt.« Eins also in der Spaltung. Doch gemeinsam können die beiden offenbar ihren Roman nicht schreiben, nämlich als ein hocherregtes, über alle Vernunft schönes, ein utopisches Buch einerseits, das aber zugleich nüchtern, realistisch, heiter vernünftig wäre. Einer muß nachgeben, aufgeben, stumm werden wie eine Wand: »Ein Tag wird kommen, und es wird nur die trockene gute heitere Stimme von Malina geben, aber kein schönes Wort mehr von mir, in großer Erregung gesagt.«

Das klingt, als hätte sich die Stimme der Poesie geopfert, um der Prosa des Erzählens das Feld zu überlassen. Aber wir sollten nicht überhören: auch dieser traurige Verkündungssatz ist noch schön genug und mit Erregung »gesagt«, fast auf halber Höhe zum Gesang, wie der ganze Roman.

Gegengift

L ANDGRAF PURZEL und CHOR
    Was will der Fremdling so verwegen,
    Daß er es wagt sich hinzulegen?
    Was seh' ich? Er ist es – er ist es!
    Meiner Seele, ja, ja, er ist's, er selbst! Tannhäuser!
Zieht ein ungeheures Schwert und stürzt auf ihn los.
WOLFRAM   O edler Landgraf, sei nicht so dumm,
    Bringe uns den Tenoristen nur nicht um!
    Mußt deinen Zorn du kühlen schon,
    So töte diesen zweiten Bariton!
TANNHÄUSER   O laßt ihn doch gewähren!
    Um mich braucht ihr euch nicht zu scheren.
    Wer so, wie ich, geduldet,
    Wer so, wie ich, verschuldet
    Und trotzdem noch kann singen,
    Der ist so leicht nicht umzubringen.
    Ich folge dir, du weißgewaschne Maid,
    Wir gehn ensemble in die Ewigkeit.
Setzt eine Nachtmütze auf und stirbt neben Elisabeth.

Nichts leichter, als hohem Pathos an die Gurgel zu gehen, es zu würgen und zu verdrehen, bis nur Gekreisch und Röcheln zu hören ist, nichts also leichter und billiger, als Wagners hochgespannte Musikdramentexte plattzuwalzen in Kalauer und Kasperletheater. Nestroy (vermutlich hier nicht der einzige Autor) ist in seiner Tannhäuser-Travestie – von 1857 bis 1862 in Wien immerhin fünfundsiebzigmal gespielt, die Premiere als Benefiz für die Witwe eines Komikerkollegen – sicher nicht auf der Höhe seiner Niedertracht und Erniedrigungskunst. Mit der konnte er, wenn er in Diener- und Räsonneurfiguren vorführte, was aus idealer Liebe wird in den Zeiten schnöder Geldwirtschaft, seinem Publikum Schauer über den Rücken jagen. Hier, contra Wagner, ist nur schallendes Gelächter das Wirkungsziel.

Nestroys Posse entzaubert den zwischen Venusbrunft und Marienandacht hin und her gerissenen Tannhäuser zum simplen Genießer mit Heurigengemüt, den Venusberg zum

Champagner- und Austernkeller und den Sängerkrieg zum Musikantenstadl, wo Tannhäusers chokantes Venuslied ausklingt in Jodelei. Von Wagners Operndramaturgie bleibt nur noch ein Skelett, und das kracht in den Gelenken. Seine riskant überhöhte, überhitzte Librettosprache wird erbarmungslos und erbärmlich veralbert: »Zerknirschet nah' ich euch in stillem Trabe! / O wüßtet ihr, wo ich gewesen habe!« singt der von Venus reuig heimgekehrte Tannhäuser und verrät dann doch: »Ich hab' der Liebe Hochgenuß ermessen, / Ich kostete ihr ganzes Wunderwerk. / Wollt ihr gleich mir das Glück mit Löffeln essen, / Wohlan, so geht und kneipt im Venusberg!«

Statt zur Kenntlichkeit zu entstellen, aus was für derben und subtilen Reizen Wagner seinen frommen Bühnenzauber mischt, treibt Parodie hier ein allzu flottes, leichtes Spiel mit ihrer Vorlage, giftig, aber ohne den Gegenzauber zu entfalten, der sich nur dann herstellt, wenn das geschundene Original durch seine Entstellung noch durchschimmern darf. Nur dann gelingt, was Thomas Mann von Parodie erwartete, die »liebevolle Zerstörung«.

Und doch und doch: Wenn dieser Wiener Tannhäuser zur Buße nicht zum Papst nach Rom geschickt wird, sondern in eine Karriere mit wagnerscher »Zukunftsmusik«, die ihm unweigerlich die Stimme ruinieren wird, wenn er schließlich neben seiner Elisabeth hinstirbt nicht wegen des verspielten Seelenheils, sondern mit ersterbender Stimme und unter einer Nachtmütze –, dann spürt man doch, wie Nestroys Perfidie nicht nur präzise zielt, sondern auch genau trifft. Das herrlich, aber auch unmenschlich Überspannte der wagnerschen Kunstreligion war ihm nun einmal zuwider. Höchst zweideutig jubelt schließlich der Schlußchor: »Was gäb' es auf Erden / Für Glück ohne Liebe!« Da meint man sie durchzuhören, die kalte, raunzige Stimme Nestroys, die allem alten Seelenzauber Ade sagt.

Siegmund sah ins Orchester. Der vertiefte Raum war hell gegen das lauschende Haus und von Arbeit erfüllt, von fingernden Händen, fiedelnden Armen, blasend geblähten Backen, von schlichten und eifrigen Leuten, die dienend das Werk einer großen, leidenden Kraft vollzogen, – dies Werk, das dort oben in kindlich hohen Gesichten erschien ... Ein Werk! Wie tat man ein Werk? Ein Schmerz war in Siegmunds Brust, ein Brennen oder Zehren, irgend etwas wie eine süße Drangsal – wohin? wonach? Es war so dunkel, so schimpflich unklar. Er fühlte zwei Worte: Schöpfertum ... Leidenschaft. Und während die Hitze in seinen Schläfen pochte, war es wie ein sehnsüchtiger Einblick, daß das Schöpfertum aus der Leidenschaft kam und wieder die Gestalt der Leidenschaft annahm.

Siegmund, mit neunzehn Jahren schon ein steriler Snob, verpuppt im Kokon seines Luxuslebens, besucht mit seiner Zwillingsschwester Sieglinde eine Aufführung der Wagnerschen »Walküre«. Da unten im Orchester und oben auf der Bühne tönt und vollzieht sich die inzestuöse Hochzeit eines gleichnamigen Zwillingspaars, von Wagner und Wotan inszeniert und gemeint als Attentat auf eine durch Sitte, Ordnung, Konvention gebändigte Welt. Die beiden Luxuskinder lauschen und knabbern in ihrer Loge Konfekt. Geht sie der leidenschaftliche Trubel da unten irgend etwas an?

Akt um Akt erzählt Thomas Mann die Walkürenhandlungen nach, teils wie ein mokanter Opernreporter, teils mit den kritischen Augen und Ohren des hochverwöhnten Geschwisterpaars. Er registriert die mächtigen Sängerleiber, Siegmunds rosige, fleischige Arme, den Waberbusen Sieglindes, dann Hunding, »x-beinig wie eine Kuh«, nimmt also durchaus wahr, wie einer traurig bemühten Aufführung das bedeutungsvolle Geschehen entgleitet ins Lächerliche. Und bleibt doch gebannt, kühl fasziniert wie die beiden dekadenten Geschöpfe in ihrer dunklen Loge.

Üppig, pompös und farbenreich wie Wagners Musik wirkt diese Prosa, doch anders als diese scheint sie kaum von der Stelle zu kommen, wie gelähmt von ihrem Reichtum an Wor-

ten und Nuancen. Es fehlt ihr ganz und gar, was Siegmund, aus seiner Loge hinunterblickend auf die wilde Wälsungenge-schichte, tastend, aber dann genau benennt: die Leidenschaft. Das wird ihm wie seiner Schwester, beide eingesponnen ins öde Zeremoniell ihres luxuriösen Daseins, auf ewig fern und fremd bleiben. Scheinbar unberührt und doch wie in Trance fahren die Zwillinge aus Wagners Passionswelt zurück ins elterliche Palais, nippen an Kaviarbrötchen und Burgunder. »Eine kul-turunwürdige Zusammenstellung«, klagt Siegmund. Schon scheint die Erzählung zu verenden, wie sie begonnen hat, in ennui und Langeweile.

Bis sich dann auf der letzten Seite plötzlich knapp und rasch vollzieht, worauf dieser scheinbar so träge Text sich von An-fang an zielbewußt hinbewegt hat. Ineinander versinkend »wie egoistische Kranke«, tastend, stammelnd und verzückt von ihrer Ebenbildlichkeit, verlieren sich die beiden Zwillinge in einen Gegenakt zur Wälsungenhochzeit, zelebrieren ein Inzestritual, das sie verstehen als Rache am gemeinen Leben. Eine Orgie wie unter Pflanzen, bar aller Leidenschaft, Wag-ners frühe Dekadenz übertrumpfend mit einer späten, trost-losen. Wie ihre beiden Opfer versinkt nun auch die Mannsche Prosa, vorher so scharfzüngig und genau, in dem »hastigen Getümmel« der beiden, in der »köstlichen Gepflegtheit«, dem »guten Duft« ihrer Umarmungen und blendet sich aus, wenn nichts mehr als ein letztes »Schluchzen« zu hören ist.

Was den beiden eine Rache an ihrer ordinären Mitwelt scheint, wird für ihren Autor zur Rache eines Wagnerianers an sich selbst. Einen Siegfried werden diese Zwillinge nicht zeu-gen, obwohl auch sie ihr Beilager wie das Opernpaar auf einem Bärenfell vollziehen, einem Eisbärenfell allerdings. Diese letzte höhnische Reminiszenz an die »Walküren«-Auf-führung signalisiert noch einmal, daß dort noch leidenschaft-lich ernst gemeint war, was nun verkommt zu kostbarem Kitsch.

K<small>RAPP</small> Hörte mir soeben den albernen Idioten an, für den ich mich vor dreißig Jahren hielt, kaum zu glauben, daß ich je so blöde war. Gott sei Dank ist das wenigstens alles aus und vorbei. *(Pause.)* Was für Augen sie hatte! *(Grübelt, merkt, daß er das Schweigen aufnimmt, schaltet ab und grübelt. Schließlich:)* Da lag alles drin, alles, all das – *(Er merkt, daß nichts aufgenommen wird, und schaltet an.)* Da lag alles drin, der ganze alte Dreckball, alles Licht und Dunkel, alle Hungersnot und Völlerei der … *(er zögert)* … der Jahrhunderte! *(Aufschreiend:)* Jawohl! *(Pause.)* Sich das entgehen zu lassen! Mein Gott! Es hätte ihn von seinen Hausaufgaben ablenken können! Mein Gott! *(Pause, überdrüssig:)* Na ja, vielleicht hatte er recht. *(Pause.)* Vielleicht hatte er recht. *(Grübelt, merkt es und schaltet ab. Zieht den Umschlag zu Rate.)* Bah! *(Zerknüllt ihn und grübelt. Schaltet wieder an.)* Nichts mehr zu sagen, nicht einmal Piep.

Daß Becketts »Das letzte Band« als Abgesang, Gegengesang zurückverweist auf einen anderen Text eines anderen Dubliners, läßt sich das Monodram auf den ersten Blick nicht anmerken. Krapp, ein Bananen mampfender, saufender Clown und gescheiterter Schriftsteller, wühlt im Vorrat alter Tonbandspulen, Jahr für Jahr vollgesprochen mit Lebensbeichten. Er sucht, er findet die Spule mit der Losung »Abschied von der Liebe«.

Mürrisch lauscht der Alte seiner ehemaligen, dreißig Jahre jüngeren Stimme, »kräftig, ziemlich feierlich«, schaltet hin und her auf dem Tonband, in immer neue Fragmente, meckert dazwischen, schaltet wieder ab und brütet: Ein Dialog zwischen zwei Krapp-Gespenstern setzt ein, getrennt durch drei Jahrzehnte Enttäuschung, der junge noch gebläht von Hoffnungen, offen für Zukunft, für das noch zu schreibende »opus magnum«, der alte eine Lebensruine, müde und höhnisch schüffelnd in seinen Erinnerungen.

»Abschied von der Liebe« also hat er vor dreißig Jahren feiern wollen, und zwar »im Schatten des opus magnum«, dem zuliebe er alle Frauen aus seinem Leben verbannt hat. Immer

wieder gerät der Alte auf dem Tonband in die Schlüsselszene dieses Lebensprogramms, in die Erinnerung an eine Kahnfahrt durch Schilf. Einer Frau vor ihm, unter ihm sagt er »noch einmal, ich fände es hoffnungslos und verfehlt weiterzumachen, und sie nickte, ohne die Augen zu öffnen«.

Augen erinnert er von allen aufgegebenen Frauen, Augen, genau wie ein halbes Jahrhundert vorher Stephen Daedalus alias Joyce, der sich am Ende von »Portrait of the Artist as a Young Man« losreißt von allen weiblichen Augenpaaren, von Irland, Vater, Mutter, allen Lieben, um aufzubrechen zum »opus magnum«, in seine künstlerische Sendung, die alle Verluste verwandeln wird in Gewinn, Bindungen in Freiheit, Passion in Ausdruck. Es ist dieses Joycesche Sendungs- und Artistenpathos, das dem alten Krapp entgegendröhnt vom Tonband, auf dem sein ferner Vorläufer stammelt und schwärmt von einer Nacht der »Erleuchtung, endlich«, da Lebensziel und Lebenssinn zum Greifen nah scheinen »in Sturm und Nacht und mit dem Licht der Erkenntnis und dem Feuer« . . .

Fluchend schaltet der Alte ab und weiter und gerät nun in die endgültige Abschiedsszene, mit der Frau im Kahn, die mit geschlossenen Augen zu seinem Abschied von der Liebe nickt, aber dann noch einmal die Augen öffnen wird: »Ich sank auf sie nieder, mein Gesicht in ihren Brüsten und meine Hand auf ihr. Wir lagen regungslos da. Aber unter uns bewegte sich alles und bewegte uns, sanft, auf und nieder und von einer Seite zur anderen.«

Aus dieser zärtlichen Ewigkeit also ist er aufgebrochen zu seinen »Hausaufgaben«, zum »Licht der Erkenntnis und dem Feuer«, auf den Spuren von Stephen und Joyce, um nun hier zu landen, bei seinen Bananen, Schnapsflaschen, Tonbändern, um schließlich »nichts mehr zu sagen, nicht einmal Piep«.

Er bat sie, das Sonett noch einmal zu lesen, er werde dann nach jeder Zeile das Deutsche dazwischenschieben. Er wollte ihr deutsch dreinreden in dieses wilde Englisch. So geschwollen wie möglich.

Th' expense of spirit in a waste of shame
    Geistverlust in Schamverschleiß
Is lust in action; and till action, lust
    ist Lust, die loslegt, vorher ist Lust
Is purjur'd, murderous, bloody, full of blame,
    verlogen, mörderisch, blutrünstig, kriminell,
Savage, extreme, rude, cruel, not to trust;
    roh, rücksichtslos, primitiv, grausam, unberechenbar;
Enjoy'd no sooner but despised straight;
    schon beim Genießen gleich verachtet,
Past reason hunted, und no sooner had,
    wahnsinnig begehrt und, kaum gehabt,
Past reason hated, as a swallow'd bait ⟨...⟩
    wahnsinnig verabscheut, wie ein geschluckter Köder ⟨...⟩

Sie las jede Zeile, weil er mit seiner Zeile jedesmal so fest dazwischenging, noch lauter. Zum Schluß schrien beide. Er sagte: Sofort noch einmal!! Er kam beim zweiten Mal noch genauer zwischen ihre Zeilen als beim ersten Mal. Sie aß auch keine brownies mehr. Eine Zeitlang war dann Stille. Man hörte nur den dumpfen Ton der Klimaanlage und ein fast wimmerndes Sirren der Neonbeleuchtung. Halm sagte: Bitte. Sie las, was ihr dazu eingefallen war.

Vielleicht – was wissen wir schon außer ein paar dürren Daten von Shakespeare – vielleicht hat er selbst seine Sonette ausgelegt als »Köder«, für eine Geliebte, für einen Geliebten, damit die das bald zarte, bald wüst wilde, bald wie mit Engelstrompeten geblasene Verszeug schlucken, sich an diesem Kunstgift und für William berauschen sollten. Daß Sprache überreden, überlisten, überwältigen kann, wußte er, und demonstrieren seine Stücke Szene um Szene. Doch daß seine Gedichte und Dramen einmal als Lehr- und Prüfungsstoff, zur Erringung von Zensuren und zur Erzeugung von Sekun-

därliteratur eingesetzt werden sollten, dürfte er kaum geahnt haben.

In Martin Walsers »Brandung« sitzen sie sich gegenüber, das kalifornische Collegegirl und ihr Poetik-Trainer, und zwischen ihnen fliegen hin und her die Zeilen eines Shakespeare-Sonetts. Er, Studienrat Halm, kommt vom Bodensee, sie, Fran, aus den feineren Vierteln von San Francisco, außerdem trennen sie 33 Lebensjahre (und das sind fast so viele wie zwischen Lolita und ihrem auch europäischen Humbert Humbert). Nur scheinbar dient das Gedicht einem akademischen Diskurs, in Wahrheit aber und beiden bewußt als erotischer Köder. Denn diese Verse, atemlos, heiß, eine Serie von Wortstößen, sprechen nicht nur über Lust und ihren sexuellen Vollzug, sondern simulieren selbst in ihrem harten, keuchenden Rhythmus, wovon sie reden. Das wissen die beiden Versschreier und erst recht ihr Autor, wenn er Halm seine »geschwollenen« deutschen Zeilen »dazwischenschieben« läßt, »dreinreden in dieses wilde Englisch«. (Wir haben, abweichend von Walsers Romantext, die deutsche Version tatsächlich den englischen Text penetrieren lassen.)

Auf die Ekstase in Worten aus zweiter Hand, in Zitaten, folgt Stille, ein Katergefühl, Ernüchterung unter der kühlen Dusche der Klimaanlage und der Neonröhren. Das Mädchen beginnt vorzulesen, was ihr »eingefallen« ist zum Text. Nette Lügen sind ihr eingefallen, neue Köder für ihren erotischen Mitverschwörer Halm. Denn statt über Shakespeare schreibt sie über ihren All-American boy friend, der kaum zu ihr paßt, aber doch ihr boy friend ist. Sollte etwa er, denkt Halm, besser zu ihr passen?

Texte also laufen hier als Kassiber: man kann sich in ihnen verbergen, indem man sich mit ihnen verrät, wie auch umgekehrt. Wovon das Sonett gesprochen, was er mit Fran zweistimmig beschrien hat, das vollzieht am Abend Halm mit seiner Bodenseegattin und nennt es nun schnöde GV. Die »sprachlichen Angebote, die der Kulturkreis zur GV-Verklärung anbietet«, sie kommen ihm nun zum »Jaulen« vor. Nichts anderes scheint auch das Wut und Gift sprühende Sonett Shakespeares zu sagen. Doch sein Furor gegen die Geschlechtslust erlischt endgültig in dieser trostlos vernünftigen Beischlafszene.

Blühender Tod

ROMEO Liebe Julia,
Warum bist du so schön noch? Soll ich glauben –
Ja, glauben will ich, (komm, lieg mir im Arm!)
Der körperlose Tod entbrenn' in Liebe,
Und der verhaßte, hagre Unhold halte
Als seine Buhle hier im Dunkel dich.
Aus Furcht davor will ich dich nie verlassen
Und will aus diesem Palast dichter Nacht
Nie wieder weichen: hier, hier will ich bleiben
Mit Würmern, so dir Dienerinnen sind.
O, hier bau' ich die ew'ge Ruhstatt mir
Und schüttle von dem lebensmüden Leibe
Das Joch feindseliger Gestirne – Augen,
Blickt Euer Letztes! Arme, nehmt die letzte
Umarmung! und o Lippen, ihr, die Tore
Des Odems, siegelt mit rechtmäß'gem Kusse
Den ewigen Vertrag dem Wucherer Tod.

Vielleicht ist Shakespeares »Romeo und Julia« doch eher ein heftiges Stück als eines seiner besseren oder gar besten. Aber eines seiner schnellsten ist es sicher. Auf einem sonntäglichen Ball sehen sich die liebestollen Kinder zum ersten Mal, sofort wie in Trance sich aufeinander zubewegend. Schon Montagnachmittag werden sie klammheimlich getraut, und Mittwochabend sind die fünf Hauptakteure tot, außer den beiden Liebenden auch Julias edel ahnungsloser, von den Eltern auserwählter Bräutigam. Das alles läuft zu rasend rasch aufs Ende zu, um in den Betroffenen noch ein tragisches Bewußtsein dessen auszulösen, was mit und an ihnen geschieht.

Wenn das wie ein Wasserfall der Katastrophe zustürzende Stück dennoch zur Tragödie wird, so durch Ungeduld, Mißverständnisse und ein paar gutgemeinte, in Wahrheit fatale Tricks der Helfershelfer des Paars. Einem Trick und Mißverständnis verdanken die beiden auch ihren leider nicht gemeinsamen Liebestod. Julia, nur vorsorglich, um der von den Eltern geplanten falschen Hochzeit zu entgehen, in einen todesähnlichen Schlaf versetzt, kann also den festlich barocken Ab-

schiedsmonolog nicht hören, den Romeo an ihrer Bahre in der Familiengruft spricht. Niemand hört ihm zu, nur er sich selbst, wenn er seine Eifersucht auf den Tod als Julias Liebhaber deklamiert, und das als Grund, um nun neben ihr zu sterben, in einer zweiten Hochzeit mit ihr vereint.

Um festliche Reden sind diese beiden Shakespeare-Kinder nie verlegen, weder in ihren ersten gemeinsamen, noch in ihren letzten Minuten. Arien und Duette singen sie sich zu, rhetorisch, metaphorisch hochgerüstet, erst in ihrer Ballszene ein gemeinsames Sonett improvisierend, dann die Hochzeitszeremonie würzend mit heroischen Sentenzen. Und in ihrer berühmtesten, der Balkonszene nach der Hochzeitsnacht streiten sie so schwelgerisch über Nachtigall und Lerche, den Nachtvogel und die Tagverkünderin, daß man mit ihnen schier vergißt, worum es in dieser Wechselrede eigentlich geht, um Romeos notwendig-eiligen Abschied.

Den sprachverzückten Kindern lauschend, steigt in uns der Verdacht, daß gar nicht die Liebenden selbst, sondern wir, das staunend ergriffene Publikum, die wahren Adressaten dieser klugen Begeisterungen sind. Doch wir begreifen auch, daß dieser Überschwang der Rede nicht nur zwischen Romeo und Julia, sondern auch in den länglichen Tiraden ihrer Vertrauten, des balsamischen Bruder Lorenzo und der klatschsüchtigen Amme, merkwürdig quer stehen zu der dynamisch fortrasenden Handlung. Lyrische Inseln, gebildete und komische Nischen baut die Sprache, als wollte und könnte sie aufhalten, was nicht aufzuhalten ist, die festliche Reise in den Tod.

Auf ihn ist hier alles ausgerichtet, das Handlungstempo, die »feindseligen Gestirne«, die dummschlauen Intrigen der Liebesvoyeure wie die ahnungslosen Rettungsversuche der Brauteltern. Doch über dieses Chaos tönt und schwelgt die Sprache hinweg, als wären Kopf und Gemüt der Liebenden frei von allem Zwang, dem ihre Leiber unterworfen sind, bis hin zum Tod.

DIE OBERPRIESTERIN Er liebte dich, Unseligste! Gefangen
Wollt er sich dir ergeben, darum naht' er!
Darum zum Kampfe fordert' er dich auf!
Die Brust voll süßen Friedens kam er her,
Um dir zum Tempel Artemis' zu folgen.
Doch du –

PENTHESILEA So, so –

DIE OBERPRIESTERIN   Du trafst ihn –

PENTHESILEA   Ich zerriß ihn.

PROTHOE O meine Königin!

PENTHESILEA   Oder war es anders?

MEROE Die Gräßliche!

PENTHESILEA   Küßt ich ihn tot?

DIE ERSTE PRIESTERIN   O Himmel!

PENTHESILEA Nicht? Küßt ich nicht? Zerrissen wirklich? sprecht?

DIE OBERPRIESTERIN Weh! Wehe! ruf ich dir. Verberge dich!
Laß fürder ewge Mitternacht dich decken!

PENTHESILEA – So war es ein Versehen. Küsse, Bisse,
Das reimt sich, und wer recht von Herzen liebt,
Kann schon das eine für das andre greifen.

Sein »innerstes Wesen«, nämlich »der ganze Schmutz zu-
gleich und Glanz« seiner Seele, so gesteht Kleist in einem
Brief, wäre in seiner »Penthesilea« offenbart. So jedenfalls
entziffern wir dieses Bekenntnis, seit der Außenseiter Helmut
Sembdner die Germanistik von ihrer holden, falschen Lesart
»Schmerz und Glanz« abgebracht hat. Doch »Schmutz und
Schmerz und Glanz« käme der Wahrheit wohl noch näher,
und auch in diesem dissonanten Ensemble fehlt noch ein
Wort: Seligkeit. Denn diese »Penthesilea« ist ja nicht nur ein
Jammer-, sondern auch ein Jubelstück, und das peinlicher-
weise gerade in ihrem höchsten Exzeß, in Penthesileas kanni-
balischem Liebesvergehen und -versehen an Achill. »Der
Mensch kann groß, ein Held, im Leiden sein, / Doch göttlich
ist er, wenn er selig ist!« ruft die Heldin in einer ihrer Begei-
sterungen. Erlebt sie je etwas anderes, ist sie nicht immer
außer sich?

Auch dieser Jubelschrei ist gegen Weimar gerichtet, wo Tasso gerade verkündet hat, göttlich wäre seine Gabe zu sagen, wie er leidet. Nichts hier von dieser frommen Resignation. Liebe ist Kampf, um Unterwerfung, gegen Unterwerfung, das wissen nicht nur Penthesileas Amazonen, die unter dem Griechenheer vor Troja wüten, um Jünglinge für ihr Hochzeits- und Zeugungsfest zu erbeuten. Denn wie sonst sollte sich ihr Frauenstaat fortpflanzen? Aber auch Achill sieht Liebe agonal, wenn auch eher sportlich: »Sie ungestört, ganz wie ihr Herz es wünscht, / Auf Küssen heiß wie Erz zu nehmen« – das ist dieser edlen Landserseele heißer Wunsch.

Einer muß immer siegen, einer soll unterliegen, so sehen es beide Geschlechter. Die Gewalt, mit der das wilde Gefühl für-einander sie ergreift, soll sie nicht schwächen, muß als Gewalt nach außen geworfen werden, dann reimen sich Küsse auf Bisse. Das klingt zwar noch rührend und wirr, doch alle Ver-wirrung endet hier tödlich. Die beiden Liebeskombattanten in Kleists Stück strengen sich unerhört an, um dieses blutige Ende aufzuhalten. Eine lange, bange Weile spielt Achill seiner Liebesfeindin vor, daß sie ihn unterworfen habe, daß sie über ihn verfügen darf. Er täuscht sie, erst in dieser für sie so »seli-gen« Szene, aber dann noch zum zweiten Mal, als er sie wie-der, doch nur scheinbar zum Kampf herausfordert. Nur über-sieht Penthesilea seine jämmerlichen Unterwerfungsgesten. In blinder Begeisterung macht sie nun Ernst, schießt ihm einen Pfeil in den Hals, um ihn dann gemeinsam mit ihren Doggen zu zerfleischen, außer sich und doch ganz bei sich, in Schmutz und Glanz und Schmerz und Seligkeit.

Es gibt für sie und diese rasende Liebe keinen friedlichen Ausweg, nur diesen in den Tod. An Achill vollstreckt sie ihn mit Küssen, Bissen, an sich selbst am Ende dann ohne alle Waffen, ohne Gewalt. Sie sinkt um, stirbt einfach so, am Wi-derwillen gegen ein unmögliches Überleben. Ihre letzten Worte: »Nun ists gut.« Für uns klingt das nicht selig. Doch für Kleist?

I ch will ihn sehen«, sagte sie.
Fouqué hatte nicht mehr die Kraft, daß er hätte reden oder
gar aufstehen können. Er deutete auf einen großen blauen
Mantel auf dem Fußboden. Darein waren Juliens Überreste
eingehüllt.

Sie sank auf die Knie nieder. Der Gedanke an Boniface de La
Mole und Margarete von Navarra verlieh ihr übermenschliche
Kräfte. Mit bebenden Händen schlug sie den Mantel auseinan-
der. Fouqué wandte die Augen ab.

Er hörte, wie Mathilde hastig im Zimmer hin und her ging.
Sie zündete mehrere Kerzen an. Als Fouqué wieder die Kraft
fand hinzublicken, hatte sie Juliens Kopf auf ein kleines Mar-
mortischlein vor sich hingestellt und küßte ihn auf die Stirn.

Mathilde folgte ihrem Geliebten bis an die Grabstätte, die er
sich auserwählt hatte. Eine große Priesterschar geleitete den
Sarg; und ohne daß einer von ihnen eine Ahnung hatte, saß sie
ganz allein in ihrem verhängten Wagen und hielt auf ihrem
Schoß den Kopf des Mannes, den sie so sehr geliebt hatte.

*Der Held stirbt einsam, besonders wenn er wie Stendhals Ju-
lien Sorel hoch aufs Schafott muß. Doch Juliens Kopf, dieser
vorher mit Mißtrauen, Ressentiment und ehrgeizig-intrigan-
ten Plänen überfüllte, ist in der Nähe des Todes plötzlich festlich erleuchtet. »Nie war sein Kopf so voll von Poesie«, schreibt
begeistert der Erzähler, »wie nun, da er fallen sollte.« Julien
denkt zurück an die idyllischen, die glücklichsten Momente
seines Lebens, als wäre dessen eigentliche Triebkraft, der Ehrgeiz, nun ganz und gar erloschen: »Alles vollzog sich ganz
schlicht und einfach, ohne irgendwelche Allüre.« Was für eine
Entspannung in diesem bis dahin so fieberhaft getriebenen
Menschen. Erlöst von aller Gesellschaft und damit von dem,
was sie in ihm angestachelt hat, scheint eine glückselige Mo-
nade sich zur Hinrichtung zu begeben.*

*Doch Julien hinterläßt zwei Frauen, seine falsche Gemahlin
und seine wahre Geliebte, die fromme Madame de Rênal und
die ekstatische Mathilde de La Mole, und diese beiden werden
noch in ihrer Trauer daran erinnern, wie extrem gespalten und*

gespannt das Leben dieses nun Befriedeten war. Mathilde erlebt ihre Witwentrauer als Höhepunkt ihres Lebenstheaters, eine narzißtische Zeremonie, in der sie sich als Nachfolgerin eines berühmten Unglückspaars ihrer Familie sehen kann, also wieder gesteigert in einer großen Rolle. Nach der Begräbniszeremonie wird sie Geldstücke unters Volk werfen lassen und für Juliens Grabgrotte hoch in rauher Bergwildnis Skulpturen aus edelstem italienischen Marmor ordern. Als Held und Heiliger soll der Mann verehrt werden, mit dem sie zu seinen Lebzeiten das Schauspiel einer erhabenen Liebe inszenieren wollte.

Während Stendhal seine und Juliens Frau de Rênal sterben läßt als wahre Heilige. Wie um die hochfahrende Mathilde endgültig zu erniedrigen und damit die bessere Seelenhälfte Juliens zu salvieren, widmet der Roman diesem stillen Tod seine drei letzten Sätze, schmucklos pathetisch, als bürgerliches Gegenbild zu dem prunkvoll feudalen Todestheater des Fräulein de La Mole: »Frau von Rênal hielt, was sie versprochen hatte. Sie unternahm nichts gegen ihr Leben. Aber drei Tage nach Juliens Tod starb sie in den Armen ihrer Kinder.«

Freilich, das »aber« in diesem Nachruf hat es in sich. Leise, mit trauriger Ironie deutet es an, daß die gute Seele es länger als drei Tage nicht mehr ohne Julien ausgehalten hat, daß ihr also der Selbstmord, den sie ihm und ihren Kindern nicht antun sollte, eben doch gelungen ist.

I SOLDE Höre ich nur / diese Weise,
die so wunder-/voll und leise,
Wonne klagend, / Alles sagend,
mild versöhnend / aus ihm tönend
in mich dringet, / auf sich schwinget,
hold erhallend um mich klinget?
Heller schallend, / mich umwallend,
sind es Wellen / sanfter Lüfte?
Sind es Wolken / wonniger Düfte?
Wie sie schwellen, / mich umrauschen,
soll ich atmen, / soll ich lauschen?
Soll ich schlürfen, / untertauchen?
Süß in Düften / mich verhauchen?
In dem wogenden Schwall,
in dem tönenden Schall,
in des Welt-Atems
wehendem All –,
ertrinken,
versinken –,
unbewußt –,
höchste Lust!

»Isoldes Liebestod« heißt das Stück im Konzertprogramm, was
tröstlich klingt und täuschend, obwohl es doch die bittere
Wahrheit nicht verheimlicht, daß hier eine Hinterbliebene
allein eine Liebe zu Tode feiert, die von Anfang an höher, nein,
tiefer sein sollte als alle Vernunft. »Leuchtende Liebe, lachender
Tod!« – das prophezeien sich auch Siegfried und Brünnhilde
als Zukunft. »Welten-entronnen, du mir gewonnen« – unter
dieser Formel haben sich Tristan und Isolde verbündet. Wagners ihrer Mitwelt am höchsten entrückte Paare wissen es also
von Anfang an, daß ihre Liebe nicht von dieser Welt, daß sie
tödlich ist, und wie sie das besingen, bejauchzen, das klingt so
herrlich wie schauerlich.

Doch ihren lachenden Tod werden die Paare nicht, wie doch
erhofft und intendiert, gemeinsam erleben. Immer ist der
Mann im Sterben der Frau einen Schritt voraus, Siegfried,

wenn er von Hagen hingerichtet wird, Tristan, der an seiner tödlichen Wunde stirbt in dem Augenblick, als die erwartete, die hoffentlich wieder heilende Isolde an seinem Siechenlager auftaucht. Seine letzten Silben sind die gleichen, mit denen zwei Akte vorher die Skandalliebe der beiden einsetzte, die Silben des geliebten Namens: »Isol-de!« Wütend eher als trauernd beklagt die Verlassene dann über Tristans Leiche, daß er das Projekt ihres gemeinsamen Sterbens hat scheitern lassen.

Zum Glück, seufzt genußvoll zynisch der Zuhörer des Isoldeschen Schluß- und Abgesangs, in dem er die Heldentenorstimme nicht vermißt. In diesen Schlußversen ist Wagners Text, sonst so oft nur, wie er selber sagt, »Wortdunst«, eine Art Sprachaura um die ungleich ausdrucksstärkere Musik – hier also ist seine Wortkunst seiner Kompositionskunst fast kongenial, fast. Wie süchtig treibt die Sprache in Litaneien hoch an die Grenze ihrer Auflösung, verliert sich in synästhetische Lautmalereien, in das Rauschen, Duften, Tönen, Schwellen, von dem sie auch redet. Fragezeichen beenden fragmentarische Satzteile, die sich sofort wieder öffnen in die nächste, höher steigende Frage. Gefragt wird offenbar nur, um immer auf dem höchsten Ton, im Offenen zu enden, also nicht zu enden. Denn ihrer Antworten sind sich diese scheinbaren Fragen nur allzu gewiß. Die Verse, obwohl so fluid, unfest, begrifflos, verkünden alle Verheißungen der Schopenhauerschen Erlösungsphilosophie, diese höchste Lust, das Bewußtsein und das Joch des Ich endlich loszuwerden, um nichts mehr zu sein als: alles.

Im nächsten seiner Weltfluchtwerke, in der »Götterdämmerung« wird Wagner die Musik am Ende etwas anderes verkünden lassen. Dort soll ein einziges überlebendes Motiv uns wortlos überreden zu der Hoffnung, daß nichts anderes als Liebe die Welt nach ihrem Untergang noch einmal retten könnte – so jedenfalls wird diese letzte Musikgeste üblicherweise »gelesen«. Isolde, wortreich, weiß es also besser (oder schlechter): ihre radikale, die Tristan-Liebe rettet vor der Welt.

Sie warf ihre rote Reisetasche fort und stürzte, den Kopf zwischen die Schultern gedrückt, unter den Wagen auf die Hände und ließ sich mit einer leichten Bewegung, als wenn sie gleich wieder aufstehen wollte, auf die Knie nieder. Und im selben Augenblick packte sie das Entsetzen vor der eigenen Tat. »Wo bin ich? Was tue ich? Wozu?« Sie wollte sich aufrichten, zurückwerfen, aber etwas Riesengroßes, Unerbittliches stieß sie vor den Kopf und riß sie am Rücken mit sich fort. »Herr, vergib mir alles!« sagte sie, als sie fühlte, daß kein Widerstand mehr möglich war. Der häßliche Bauer wühlte im Eisenzeug und murmelte vor sich hin. Die Kerze, bei deren Licht sie das von Unruhe, Betrug, Kummer und Nebel erfüllte Buch gelesen hatte, flammte noch einmal auf, so hell wie nie zuvor, beleuchtete ihr alles, was bis dahin im Dunkel gelegen hatte, knisterte, verlor ihren Schein und erlosch.

Einen blühenden Tod wagt man den Selbstmord der Anna Karenina, diesen Opfertod auf Eisenbahnschienen, kaum zu nennen. Nicht jedenfalls, solange man gebannt ist von der dumpfen Mechanik des Vorgangs, wenn ein über die kniende Frau rollender Waggon sich verwandelt in etwas »Riesengroßes, Unerbittliches«, das mit Gewalt erst ihren Kopf trifft und dann den Rumpf mitreißt. Erst recht nicht, wenn man Annas spätes, hilflos animalisches Entsetzen vor dem jäh und wirr gefaßten Entschluß zu dieser Selbstexekution erkennt, erst in der Körpersprache der Knienden, dann in ihrem letzten Stoßgebet.

Doch nun dringt Tolstoj mit zwei Sätzen, einem kurzen und einem langen, noch einmal in das grell aufflackernde Bewußtsein der Sterbenden. Nein, er denkt nicht daran, uns den in Todesnähe zuckend ablaufenden Lebensfilm der Karenina vorzuführen. Er wählt nur ein einziges, zunächst dunkles Bildmotiv aus, den murmelnd in Eisenzeug wühlenden Bauer. Um dann Annas Geschichte in Kerzenlicht »aufflammen« und verlöschen zu lassen. Als läse sie selbst noch einmal diesen ihren Roman, klarer als je zuvor.

Wer die Spuren des unheimlichen Bauern sucht, der muß ein halbes tausend Seiten zurückblättern und trifft dort auf

ANNAS TRAUM

einen für Anna prophetischen Traum, den sie ihrem Wronskij drohend erzählt, als Ankündigung ihres Todes. Französisch murmelt da ein Bauer, in einem Sack kramend, man müsse dieses Eisen schlagen, zerkleinern und härten. Wronskij, Anna zuhörend, erschrickt, denn er hat am gleichen Abend den gleichen Traum geträumt, nur undeutlicher, noch rätselhafter, doch genau das wird er ihr verschweigen. Ein gemeinsamer, aber nicht geteilter Traum markiert die allerletzte Spur des Geliebten in dieser Todessekunde, für den aufmerksamen Leser noch erkennbar, für Anna nicht. Obwohl sie nun ihre Geschichte voller »Unruhe, Betrug, Kummer und Nebel« endlich in all ihren Dunkelheiten ausgeleuchtet zu lesen meint, »hell wie nie zuvor«.

Also doch, bevor die Lesekerze, das Lebenslicht, für immer erlischt, ein letztes Aufblühen von Einsicht, von Klarheit? Denn was wir bis zu diesem Augenblick aus dem in ihren letzten Stunden hocherregten, delirierenden Kopf der Anna Karenina gehört haben, waren Triaden sprühender Wut auf ihre ahnungslos weiter dahintreibende Mitwelt, in der alle sich hassen, ohne das wahrzunehmen, alles und alle häßlich sind, gierig nach dem erstbesten süßen, schmutzigen Genuß. »Da bin ich wieder!« sagte sie zu sich mitten in diesem Sturm der Verachtung: »Und wieder verstehe ich alles.« Was aber versteht sie? Daß es sich nicht lohnt, in dieser verlogenen, blinden Welt weiterzuleben? »Ja, es beunruhigt mich sehr«, sagt sie sich, »und dazu ist mir der Verstand gegeben, daß ich mich davon befreie.«

Befreien wird sie sich schließlich nur von sich selbst. So scheint es. Denn wir dürfen und sollen ja nicht erfahren, auch ihr Autor nicht, was sie im Schein des letzten Kerzenlichts noch erkannt haben könnte von ihrem nun so kläglich zu Ende gebrachten Leben.

Kein Ende!

.

Er fing, da sein Gefühl ihm sagte, daß ihm von allen Seiten, um der gebrechlichen Einrichtung der Welt willen, verziehen sei, seine Bewerbung um die Gräfin, seine Gemahlin, von neuem an, erhielt, nach Verlauf eines Jahres, ein zweites Jawort von ihr, und auch eine zweite Hochzeit ward gefeiert, froher, als die erste, nach deren Abschluß die ganze Familie nach V... hinauszog. Eine ganze Reihe von jungen Russen folgte jetzt noch dem ersten; und da der Graf, in einer glücklichen Stunde, seine Frau einst fragte, warum sie, an jenem fürchterlichen Dritten, da sie auf jeden Lasterhaften gefaßt schien, vor ihm, gleich einem Teufel, geflohen wäre, antwortete sie, indem sie ihm um den Hals fiel: er würde ihr damals nicht wie ein Teufel erschienen sein, wenn er ihr nicht, bei seiner ersten Erscheinung, wie ein Engel vorgekommen wäre.

Kleist will sie zu Ende bringen, die Kriminal- und Liebesgeschichte zwischen der Marquise von O... und dem russischen Grafen, der mit der Ohnmächtigen ein Kind gezeugt hat und sie nach langen Wirren heiraten durfte, mußte. Diese Hochzeit wäre ja das von allen, auch vom Leser erhoffte Ende. Doch Kleist schiebt immer noch ein weiteres Ende nach und noch eins. Er steigert, wie in seinen verschachtelten, ineinander verkeilten Sätzen, auch sein Finale mit immer neuen Einfügungen, Zufügungen, die zurückweisen in die doch schon abgeschlossene Geschichte, sie wieder öffnend, neu beleuchtend. Denn mit uns, die wir nur diese abgetrennten Schlußzeilen lesen und verstehen wollen, rechnet er als Lesern nicht.

Der Graf also muß auch nach seiner Hochzeit weiter büßen für sein Vergehen, weiter werben um die Beleidigte, wiewohl ihm schon Angetraute. Ein volles Jahr dauert das, zusammengedrängt auf drei, vier Zeilen, und besiegelt wird das Werbejahr mit einem zweiten, nun freiwilligen Jawort der Braut und Gemahlin und einer zweiten Hochzeit. Nun erst scheint »die gebrechliche Einrichtung der Welt« für diese beiden wieder einigermaßen fest. Es können, dürfen eine unbestimmte Zahl von weiteren jungen Russen gezeugt werden, nicht mehr im

Zustand der Ohnmacht, mit einer Vergewaltigung also und in Gefechtslärm und Pulverdampf wie der erste.

Aber noch immer nicht Ende gut, alles gut. »In einer glücklichen Stunde« muß noch ein schreckliches Geheimnis zwischen den zweifach verbundenen Eheleuten geklärt werden. Warum hat die entsetzte Marquise, als der Graf sich vor ihr, der Familie und der gebrechlich eingerichteten Welt am »fürchterlichen Dritten« zu seiner Untat bekannte, ihn »mit tödlicher Wildnis« einen »Teufel« genannt und ihre ganze Familie »in großem Wurf« mit Weihwasser besprengt?

Auch die Antwort der Marquise ist nun ein großer Wurf, der noch einmal zurückzielt auf den Anfang ihrer Geschichte. Damals, bevor sie in Ohnmacht fiel, und der »Teufel« sie schwängerte, ist er ihr als »Engel« erschienen, der sie aus den Händen seiner russischen Soldateska rettete: »Er stieß«, so heißt es da, »noch dem letzten viehischen Mordknecht, der ihren schlanken Leib umfaßt hielt, mit dem Griff des Degens ins Gesicht, daß er, mit aus dem Mund vorquellendem Blut, zurücktaumelte; bot dann der Dame, unter einer verbindlichen, französischen Anrede den Arm, und führte sie ⟨...⟩« Ein mörderischer Engel fürwahr, rettender Rambo, formvollendeter Kavalier.

Zurückweisend auf ihren Anfang, weist Kleists scheinbare Schlußszene weit voraus in die Zukunft des Paars. Denn daß ihr Engel so wenig ein ganzer Engel war wie kurz danach ein ganzer Teufel, beginnt die Marquise, nun Gräfin, offenbar erst zu begreifen, als ihr die lösende Frage gestellt wird. Sie wird ihren Russenkindervater, ohne ihn hinauf- oder hinunterzuvergötzen, nun hinnehmen müssen als ein gemischtes Wesen, für Augenblicke zu allem fähig. Wie die Liebe, die sie beide nun doch verbindet.

Früher, in traurigen Minuten, hatte er sich immer mit irgendwelchen zufälligen Erklärungen getröstet, heute dagegen stand ihm der Sinn nicht nach Erklärungen, er spürte tiefes Mitgefühl, wollte ehrlich sein, zärtlich ...

– Hör auf, meine Gute, – sagte er. – Du hast dich ausgeweint, genug jetzt ... Laß uns miteinander reden, laß uns etwas überlegen.

Danach berieten sie lange, sprachen darüber, wie sie es vermeiden könnten, sich zu verstecken, zu betrügen, in verschiedenen Städten zu leben, sich lange nicht zu sehen. Wie sich befreien von diesen unerträglichen Fesseln?

– Wie? Wie? – fragte er immer wieder und faßte sich an den Kopf. – Wie?

Und es schien, als bräuchte es nur noch ein wenig – und die Lösung wäre gefunden, und dann würde ein schönes, neues Leben beginnen; und beiden war es klar, daß es bis zum Ende noch sehr-sehr weit war und daß das Komplizierteste und Schwierigste eben erst begonnen hatte.

In »Die Dame mit dem Hündchen« erzählt Tschechow zunächst eine Allerweltsgeschichte, die beginnt wie tausend andere, in der Literatur wie im Leben, doch sie will – was in der Literatur nicht üblich ist, doch bei Tschechow öfter vorkommt – sie will und will nicht enden. Da hat also ein melancholischer Herr in den besten Jahren sich verliebt in eine traurige alleinreisende Dame, auf der Krim und im Herbst. Natürlich sind beide auch verheiratet, und er nicht einmal sehr unglücklich. Eine herzerwärmende, durchaus nicht herzzerreißende Episode offenbar, und ihr Abschied voneinander sollte eigentlich auch das Ende sein.

Doch die Erinnerung an diese Dame läßt sich in Gurow nicht löschen, und das Verhältnis wird nun, immer noch in den Bahnen der Konvention für solche Fälle, fortgesetzt als eine Affäre neben zwei Ehen. Unglücklich ist Anna Sergejewna in der ihren, Gurow in der seinen träge angepaßt. Wenn dieses Arrangement der heimlichen Treffen zwischen den beiden getroffen ist, bleiben Tschechow bis zum Schluß der Geschichte

nur noch gut drei Seiten. Alle üblichen Optionen für die Lösung eines Konflikts zwischen einer Liebe und der Gesellschaft
sind noch offen, so der Skandal eines mit Trotz öffentlich gelebten doppelten Ehebruchs oder auch der Selbstmord, der
Anna-Karenina-Tod für die zerrissene, unglückliche Anna
Sergejewna. Ihr Liebhaber Gurow, ein eher sanft durchs Leben
treibender als ein entschlußstarker Mensch, könnte den Anlaß
dazu liefern und wäre auch ein überzeugender Hinterbliebener. Oder sollten die beiden, aber wie in solcher Eile auf den
Restseiten, doch noch auf ein glückliches Ende hingesteuert
werden, und die Geschichte in einem Hochzeitsbild die illegale
Liebe versöhnen mit der Weltordnung?

Tschechow tut zunächst etwas Unerwartetes: er verlangsamt, so kurz vor dem Schlußpunkt, seine Geschichte. Gurow,
der Melancholiker, sieht plötzlich seine Moskauer Welt so gespalten wie sein Leben auch. Auf der Oberfläche herrschen die
Lüge und die Konvention, im Untergrund und Geheimen aber
wird das »wirklich interessante Leben« geführt. Nach dem Gesetz dieses Doppellebens und dadurch geschützt, ließe sich sein
Verhältnis mit Anna noch lange fortführen wie bisher. Aber er
findet auch, daß er alt geworden ist, häßlich. Warum liebt er
noch und wird geliebt, so spät, zu spät?

Eine Seite nun noch bis zum Schluß. Die Geschichte, die
Liebe, beide scheinen resignativ zu verdämmern. Um sich
plötzlich hochzureißen zu einem Ende, in dem Energie und
Unentschlossenheit sich gegenseitig steigern, das einen unendlichen Ausblick in die gemeinsame Zukunft des Paars öffnet. Tschechows Erzählung bricht ab mit der Einsicht, daß
beide ihr Glück wie ihr Unglück erst jetzt zu begreifen beginnen. Sie müssen sich und alles ändern, aber: Wie? Wie? Wie?
Kein Punkt am Ende, nur drei Fragezeichen und dahinter unsichtbar ein unendlicher Gedankenstrich.

Lebewohl, Hans Castorp, des Lebens treuherziges Sorgen-kind! Deine Geschichte ist aus. Zu Ende haben wir sie erzählt; sie war weder kurzweilig noch langweilig, es war eine hermetische Geschichte. Wir haben sie erzählt um ihretwillen, nicht deinethalben, denn du warst simpel. ⟨...⟩

Fahr wohl – du lebest nun oder bleibest! Deine Aussichten sind schlecht; das arge Tanzvergnügen, worein du gerissen bist, dauert noch manches Sündenjährchen, und wir möchten nicht hoch wetten, daß du davonkommst. Ehrlich gestanden, lassen wir ziemlich unbekümmert die Frage offen. Abenteuer im Fleische und Geist, die deine Einfachheit steigerten, ließen dich im Geist überleben, was du im Fleische wohl kaum überleben sollst. Augenblicke kamen, wo dir aus Tod und Körperunzucht ahnungsvoll und regierungsweise ein Traum von Liebe erwuchs. Wird auch aus diesem Weltfest des Todes, auch aus der schlimmen Fieberbrunst, die rings den regnerischen Abendhimmel entzündet, einmal die Liebe steigen?

Hans Castorps Zauberberggeschichte mit Clawdia ist ein sehr deutscher Lehrgang in Liebe, redselig, gründlich und tief, mit langen einschlägigen Exkursionen in Medizin, Theologie, Politik, doch vor allem in das altabendländische Grenzgelände zwischen Eros und Tod. Doch dieser deutsche Hans im Glück und Unglück wird, trotz seiner nun hochgebildeten Zweifel am Sinn eines normalen bürgerlichen Lebens, kein todessüchtiger Tristan. Wie also soll sein unendlicher Roman enden?

Auf den Schlachtfeldern des Weltkriegs. Das konnte der Autor nicht geplant haben, als er 1912 den Roman zu schreiben begann, dieses fatale Schlußgeschenk also verdankt er dem Gang der Weltgeschichte. Sie weckt den Siebenschläfer Castorp nach seinen sieben Jahren oben im und auf dem Zauberberg, weckt auch den Leser, vor dessen Augen die letzten Jahre immer unübersichtlicher zusammengeschnurrt sind in eine Einerleizeit. Auch der Leser ist schließlich hineinverzaubert worden in diese epische Langeweile eines Romans, der offenbar kein Ende mehr finden kann, sich fortpflanzen möchte ins Unendliche.

DER DEUTSCHE HANS

Und dann plötzlich das letzte Kapitel, »Der Donnerschlag«
benannt, Castorps und seines Autors letzte Chance, Schluß zu
machen. Nun war Thomas Mann, dieser große Zauderer und
Entscheidungsverweigerer, der ironische Meister des Sowohl-
als-auch, durchaus nicht zimperlich, wenn es galt, auch ihm
nahestehende Helden am Ende vom Feld zu räumen, so Friedemann und Hanno Buddenbrook, so Aschenbach und noch
Leverkühn. Aber Castorp, »des Lebens treuherziges Sorgen-
kind«?

Nein, der Erzähler kann sich bis zuletzt zu keinerlei Eindeu-
tigkeit entschließen. Sicher, Castorps Geschichte ist nicht nur
zu Ende erzählt, sondern zu Ende. Seine so lehrreiche Geliebte,
Clawdia Chauchat ist längst aus dem Zauberberg verschwun-
den, aber dort oben war es ohne sie immer noch sehr lehrreich,
wenn auch mit erheblichem Spannungsverlust. Soll, darf also
der Zauberlehrling jenseits seiner Geschichte überleben?
Thomas Mann, ohne sich zu entscheiden, läßt dieses liebe Indi-
viduum erbarmungslos verschwinden in einem Körperkollek-
tiv, im Gewimmel der durch Geschoßhagel grau über ein vom
Regen aufgeweichtes Schlachtfeld taumelnden Soldaten: »Und
so, im Getümmel, in dem Regen, der Dämmerung kommt er
uns aus den Augen.«

Aus den Augen, nicht aus dem Sinn. Über Hans Castorp als
Wesen aus Fleisch und Blut denkt der nun folgende Lebewohl-
Nachruf nicht mehr nach, läßt »ziemlich unbekümmert die
Frage offen«, ob er »im Fleische« überleben kann im Toten-
tanzvergnügen des Weltkriegs. Also im Geist? Die Schlußzeilen wagen, um diese Frage zu stellen und doch offen zu halten,
das Äußerste. Sie spielen an auf das Weltuntergangsspektakel
der Wagnerschen »Götterdämmerung«, wo am Ende auch
eine Welt versinkt in Wasser und Feuer, nach einem »Fest«
von »Tod und Körperzucht«, und wo doch ein überlebendes
und aufsteigendes Musikmotiv sprachlos ein Hoffnungssignal
setzt, das der Roman nun notgedrungen ausspricht und mit
seinem letzten Atemzug benennt als Hoffnung auf »Liebe«.

Ach, so gut spielen konnte niemand, ihr Ungeheuer! Alle Spiele habt ihr erfunden, Zahlenspiele und Wortspiele, Traumspiele und Liebesspiele.

Nie hat jemand so von sich selber gesprochen. Beinahe wahr. Beinahe mörderisch wahr. Übers Wasser gebeugt, beinah aufgegeben. Die Welt ist schon finster, und ich kann die Muschelkette nicht anlegen. Keine Lichtung wird sein. Du anders als die anderen. Ich bin unter Wasser. Unter Wasser.

Und nun geht einer oben und haßt Wasser und haßt Grün und versteht nicht, wird nie verstehen. Wie ich nie verstanden habe.

Beinahe verstummt,
beinahe noch
den Ruf
hörend.

Komm. Nur einmal.
Komm.

Die Fluch- und Klagerede, die Ingeborg Bachmanns Undine an die Welt der »Ungeheuer mit Namen Hans« richtet, ist sicher mehr als nur eine Beschwerde über Liebesverrat, und sicher auch nicht, wie eine modisch feministische Lesart wollte, eine bittere Abrechnung zwischen weiblich hingebendem und männlich egozentrischem Eros. Für sie, so hat die Autorin selbst versichert, rede aus diesem Wasserwesen, aus einem »Element, in dem niemand ein Nest baut«, die Stimme der Kunst, einer radikalen Kunst, deren Losung lautet: »Nirgendwo sein, nirgendwo bleiben«. Nirgendwo, ein deutsches Wort für Utopie. In dieses Niemandsland will Bachmanns Undine verführen »durch einen Schmerzton, den Klang, eine Lockung«, verführen zum »großen Verrat«, dem Bruch mit allem »Festgelegten« und »Bestehenden«. Genauer, begrifflich schärfer will und kann sie nicht ausdrücken, wohin sie lockt.

Klage als Werbung, ein Prosagesang, der immer wieder tönt wie eine Predigt: »Ich habe euch mit einem Blick gelehrt, wenn alles vollkommen, hell und rasend war – ich habe euch gesagt: Es ist der Tod darin. Und: Es ist die Zeit daran. Und zugleich: Geh Tod! Und: Steh still, Zeit!« Der Ton verrät es, die Lockung in ein Nirgendwo jenseits von Zeit und Tod auch, daß hier in der Stimme radikaler Kunst, im Gegenentwurf zur bloß wirklichen Welt, die Rhetorik der Prophetie verschmilzt mit der Rhetorik der Liebe. Eine weltflüchtige, ja weltverachtende Kunstreligion verkündet die Bachmannsche Undine und die klingt wie eine Liebesbotschaft. Das hat seit Wagners »Tristan und Isolde« mit solcher Emphase kein deutscher Text gewagt.

Würden die braven, die ängstlichen und doch sehnsüchtigen Hanse, diese Ungeheuer der Normalität, dem Undineruf je endgültig folgen, ausbrechen aus dem Gehäuse der Alltagswirklichkeit und Alltagsvernunft, oder würden sie der Undinelockung je endgültig widerstehen, dann könnte die Klagerede der Wasserfrau verstummen, und damit auch Bachmanns Text ein endgültiges Ende finden. Doch der bleibt offen bis zu seiner letzten Silbe, dem wieder werbenden, auf »Nur einmal« hoffenden »Komm«.

Gerichtet an ein wieder neues, hoffentlich anderes Hans-Ungeheuer, das doch immer das gleiche ist, im gleichen Zwiespalt wie immer, das Wasser zwar hassend, dieses nicht festgelegte, dieses auflösende Element, und doch sehnsüchtig über dieses Wasser gebeugt. Kein Ende abzusehen, denn der Bachmannsche Text ist nicht final, auf einen Schlußpunkt ausgerichtet, sondern zirkulär angelegt. Er bewegt sich in der mythischen Figur einer Wiederholung des Immergleichen.

Des Immergleichen? Nicht zu übersehen ist eine dunkle Variante in diesen Schlußzeilen: »Keine Lichtung wird sein«. Aus der nämlich die Undine der Sage aufgetaucht ist, um zu locken, zu verführen. Diese den Schlußgesang Sprechende will also im Wasser bleiben, nicht mehr auftauchen. Sie lockt hinunter in ihr Element. Sie hofft auf den Ausbruch aus dem Zirkel der Wiederholung, auf ein endgültiges Ende. Noch einmal.

Erster Anblick

Wie angenehm wurden sie ⟨unsere drei verunglückten Abenteurer⟩ dagegen überrascht, als ihnen aus den Büschen, auf einem Schimmel reitend, ein Frauenzimmer zu Gesichte kam, die von einem ältlichen Herrn und einigen Kavalieren begleitet wurde; Reitknechte, Bedienten und ein Trupp Husaren folgten nach.

Philine, die zu dieser Erscheinung große Augen machte, war eben im Begriff zu rufen und die schöne Amazone um Hülfe anzuflehen, als diese schon erstaunt ihre Augen nach der wunderbaren Gruppe wendete, sogleich ihr Pferd lenkte, herzuritt und stille hielt. Sie erkundigte sich eifrig nach dem Verwundeten, dessen Lage, in dem Schoße der leichtfertigen Samariterin, ihr höchst sonderbar vorzukommen schien.

Ist es Ihr Mann? fragte sie Philinen. Es ist nur ein guter Freund, versetzte diese mit einem Ton, der Wilhelmen höchst zuwider war. Er hatte seine Augen auf die sanften, hohen, stillen, teilnehmenden Gesichtszüge der Ankommenden geheftet; er glaubte nie etwas edleres noch liebenswürdigeres gesehen zu haben. Ein weiter Mannsüberrock verbarg ihm ihre Gestalt; sie hatte ihn, wie es schien, gegen die Einflüsse der kühlen Abendluft von einem ihrer Gesellschafter geborgt.

Endlich eine Geschichte, die einsetzt mit der Erscheinung einer hohen Frau, die aber nach vielen Wirren doch gut endet, eine Rarität, auch und gerade bei Goethe. Denn Wilhelm Meister, nach einem Raubüberfall angeschossen, blutend im Schoß von Philine liegend, zu seinen Füßen auch die blutverschmierte Mignon –, ihn wird diese erst wie eine »Amazone«, dann wie eine »Heilige« erscheinende Natalie am Ende seines langen Romans retten, aus seiner Verzweiflung, ewigen Unentschiedenheit und einer falschen Verlobung, retten in eine Hochzeit mit ihr, die wir uns wie Wilhelm als das höchste irdische Glück vorstellen sollen. Tritt also Natalie anders auf als alle Frauenfiguren Goethes, die auch Glück versprechen und doch Unglück heraufbeschwören?

Ottilie fällt in den »Wahlverwandtschaften« vor dem bezauberten Eduard auf die Knie und bezaubert ihn dann weiter durch ihre aufmerksame Stummheit. Die Prinzessin schwärmt gemeinsam mit Tasso eine schöne Verskantilene lang über ihre erste Begegnung, als sie nach fast tödlicher Krankheit ihn als ersten Lebendigen und wie einen Heilsbringer sieht, und er mit einem Blick in ihren Blick befreit wird »von aller Phantasie, / Von jeder Sucht, von allem falschen Triebe«. Wie anders die erste Begegnung zwischen Faust und Gretchen, das »Mein schönes Fräulein, darf ich wagen« samt ihrer schnippischen Antwort – in der gebildeten und falschen Erinnerung eine reizend holde Szene, doch genau besehen beispiellos rüde, abgeschlossen mit Fausts Order an Mephisto: »Hör, du mußt mir die Dirne schaffen« und: »Ist über vierzehn Jahr doch alt.«

Das sind Eröffnungen, die bange machen, durch falschen Zauber, allzu hochherzige oder robust ordinäre Erwartungen. Auch Wilhelms Blick erfaßt den Auftritt seiner Retterin steil nach oben gerichtet, und in seiner Schwäche – wenig später wird er in Ohnmacht fallen – sieht er sogar »ihr Haupt von Strahlen umgeben«, also in einer Aureole. Amazone im Männerüberrock, hoch auf einem lichten Schimmel, gekrönt von einem Strahlenkranz: die Frau ist reich ausgestattet mit männlichen wie weiblichen Zeichen der Stärke und Rettung, die auch in Wilhelms Wahrnehmung ihr Gesicht mit Zügen der Strenge, Unnahbarkeit wie der Sanftheit und liebenswürdigen Fürsorge prägen. Wenn man sich die Szene noch komplettiert und dem dahingestreckten Schmerzensmann und seinen beiden »Samariterinnen«, ausgerechnet Philine wie eine Mater dolorosa mit Heiland, Mignon zu seinen Füßen als kleine Maria Magdalena, so kann sie mit ihrer absichtsvollen Pracht fast blenden.

Immer wieder wird Wilhelm sich in seinen Sehnsuchtsstunden diese Apotheose weiblicher Stärke, der Heilerin in Amazonengestalt vor Augen führen. Bis sie ihm wieder real erscheint – in Fleisch und Blut wagt man von solchem Idealgeschöpf kaum zu sagen. Ob sie je geliebt habe, wagt der nur selten so unbefangene Wilhelm sie zu fragen und erhält als Auskunft: »Nie oder immer!« Das ist seine Chance, und er, oder genauer wohl Goethes Roman nutzt sie, und wir erinnern uns, daß Natalie schon in ihrer ersten Szene ihren Mannsüberrock schließlich über den entblößten Verwundeten gebreitet hat.

Wronskij folgte dem Schaffner zu dem Wagen und blieb vor der Tür stehen, um einer aussteigenden Dame Platz zu machen. Mit dem Feingefühl des Weltmanns erkannte Wronskij bei dem ersten flüchtigen Blick, daß sie zur vornehmen Gesellschaft gehörte. Er bat um Entschuldigung und wollte in den Wagen steigen, fühlte aber plötzlich den Wunsch, noch einen Blick auf sie zu werfen – nicht weil sie sehr schön war, nicht um der Eleganz und der bescheidenen Grazie willen, die in ihrer ganzen Gestalt zutage traten, sondern weil in dem Ausdruck des lieblichen Gesichts, als sie an ihm vorüberging, etwas ganz besonders Holdseliges und Zartes gelegen hatte. Als er sich umsah, wandte auch sie sich gerade um. Die leuchtenden grauen Augen, die durch die dichten Wimpern schwarz erschienen, ruhten freundlich-aufmerksam auf seinem Gesicht, als erkenne sie ihn, und wandten sich dann sofort der vorbeiströmenden Menge zu, als suche sie dort jemand.

Die erste Begegnung zwischen Wronskij und Anna Karenina hat Tolstoj offenbar nicht groß inszenieren wollen wie ein für beide lebensentscheidendes Ereignis und die Initiation für den über tausend Seiten langen Roman einer Passion. Zwei Herrschaften von Welt begegnen sich flüchtig, zufällig auf einem Bahnsteig. Das Vokabular, mit dem Annas Erscheinung wahrgenommen wird, bleibt gedämpft, konventionell. Es sind unverkennbar die Blicke Wronskijs, eines sicher taxierenden »Weltmanns«, welche die »Eleganz« und »bescheidene Grazie«, das »Holdselige« und »Zarte« dieser Frau oder vielmehr Dame mit solchen bewundernden Allerweltsbezeichnungen registrieren. Immerhin wenden die beiden sich in einem Augenblick nacheinander um, und ein, zwei Sätze weiter bricht Tolstoj dann mit der Konventionalität der ersten Schilderung. Eine »verhaltene Lebhaftigkeit« hat Wronskij nun auf dem Gesicht der Frau erkannt, ja: »Ein Übermaß von irgendetwas erfüllte ihr ganzes Wesen« und läßt sich in ihrem Blick, ihrem Lächeln nicht »löschen«, obwohl sie das versucht.

Nach dem konventionellen Einsatz also folgt der Hinweis auf etwas, das sich unter der sozialen Oberfläche der feinen

Haltung und des guten Benehmens verbirgt – und diese Strategie entspricht genau dem, was Wronskij und vor allem Anna geschehen wird, wenn ihre Passion sie implodieren und explodieren läßt und alle Normen und Regeln zersprengt, die beide bis dahin als Mitglieder der »vornehmen Gesellschaft« in dieser und in Form gehalten haben. Daß sie sich auf einem Bahnhof begegnen und nicht im Salon, daß ihre Passion, nachdem sie sich auf einem Ball entzündet hat, ihren ersten Höhepunkt auf einer Eisenbahnfahrt erreicht, daß Anna auf den Schienen eines Bahnhofs sterben wird und wir auch Wronskij auf einem Bahnhof zum letzten Mal sehen – das alles sind Zeichen für das Unbehauste, das Exterritoriale der Leidenschaft, die beide bindet und zugrunde richtet.

Aber Tolstoj hatte es gar nicht nötig, den ersten Blickwechsel zwischen beiden mit besonderer Emphase auszustatten. Denn den Eintritt der Karenina in ihren Roman hat er höchst kompliziert und sorgfältig schon vorbereitet. Wronskij nämlich, der sie als erster sieht, ist vorher in ein Geflecht von Personen und Beziehungen geraten, auf ein Spielfeld, das den Auftritt einer neuen, entscheidenden Figur geradezu herausfordert. Das unglückliche Dreieck, das sich zwischen Annas junger Schwägerin Kitty, dem vergeblich um sie werbenden Lewin und dem mit ihr nur unverbindlich flirtenden Wronskij gebildet hat, kann nur aufgesprengt werden durch ein unvorhergesehenes Ereignis, und das eben ist die Karenina. Nicht ihr Vorüberhuschen auf dem Bahnsteig, sondern erst ihr Auftritt auf dem Ball der Eltern Kittys löst im Roman und in den beiden Protagonisten die erste Explosion aus und richtet auch in ihrer Umgebung, für die arme Kitty, den ersten Schaden an.

Was wir außerdem noch vor der Bahnhofsszene erfahren haben, daß nämlich Wronskij gern blendet und bezaubert, Heirat und Familie für Unsinn hält und zu seiner Mutter, die er vom Zug abholen wollte, ein kühl distanziertes Verhältnis hat – das alles stellt seinem nun beginnenden Roman mit Anna eine düstere Prognose.

In der Tat war es der gelbe Jagdwagen, den Frau von Rinnlingen heute benutzte, und sie lenkte die beiden schlanken Pferde in eigener Person, während der Diener mit verschränkten Armen hinter ihr saß. Sie trug eine weite, ganz helle Jacke, und auch der Rock war hell. Unter dem kleinen, runden Strohhut mit braunem Lederbande quoll das rotblonde Haar hervor, das über die Ohren frisiert war und als ein dicker Knoten tief in den Nacken fiel. Die Hautfarbe ihres ovalen Gesichtes war mattweiß, und in den Winkeln ihrer ungewöhnlich nahe beieinanderliegenden braunen Augen lagerten bläuliche Schatten. Über ihrer kurzen, aber recht fein geschnittenen Nase saß ein kleiner Sattel von Sommersprossen, was sie gut kleidete; ob aber ihr Mund schön war, konnte man nicht erkennen, denn sie schob unaufhörlich die Unterlippe vor und wieder zurück, indem sie sie an der Oberlippe scheuerte.

Großkaufmann Stephens grüßte außerordentlich ehrerbietig, als der Wagen herangekommen war, und auch der kleine Herr Friedemann lüftete seinen Hut, wobei er Frau von Rinnlingen groß und aufmerksam ansah. Sie senkte ihre Peitsche, nickte leicht mit dem Kopfe und fuhr langsam vorüber, indem sie rechts und links die Häuser und Schaufenster betrachtete.

Gerade einundzwanzig Jahre alt ist Thomas Mann, als er den Lebensroman des kleinen Herrn Friedemann erzählt, säuberlich aufgeteilt in fünfzehn kurze Abschnitte, die knappe Unglücksgeschichte eines kleinen buckligen Menschen, der einer gnadenlos attraktiven, unerreichbaren Frau verfällt. Für den Autor markiert dieser Text jedes Mal, wenn er sich an ihn erinnert, seinen Eintritt in die Literatur, nach einigen noch unsicheren Versuchen den wahren Beginn. Denn hier ist es plötzlich da, das sein ganzes Werk bewegende Thema, das er »Heimsuchung« nennen wird, der Einbruch erotischer Gewalt und Zerstörung in ein bis dahin geschütztes, vorsichtig glückliches Leben.

Pünktlich vor der Mitte von Friedemanns Geschichte, im siebenten Erzählabschnitt fällt Friedemanns und des Lesers Blick auf die fatale Dame von Rinnlingen, das Instrument der

MIT NIEDERGESCHLAGENEN AUGEN

Heimsuchung, ausgestattet mit allen Signalen der Lockung und der Warnung, einer zwielichtigen Mischung aus beiden. Aggressiv gelb ist ihr Jagdwagen, mit Zügeln und Peitsche lenkt sie die Tiere ihres Gespanns, eine Herrin und Diana, die freilich vor den ehrerbietig grüßenden Herren ihre Peitsche auch huldvoll und gnädig zu senken weiß. »Groß und aufmerksam«, mit einem notgedrungen nach oben gerichteten Blick sieht der kleine Herr Friedemann zu ihr auf. Ob er dabei tatsächlich alle genau notierten Merkmale der Kleidung, von Haar und Haut und Gesicht wahrnehmen kann? Sicher aber wohl die reizvolle und auch undeutlich bedrohliche Ambivalenz ihrer Erscheinung. Diese Herrin oder Domina scheint auch empfindlich, unsicher vielleicht oder gar leidend. Davon künden die bläulichen Schatten unter den Augen, die nervös an der Oberlippe scheuernde Unterlippe – beides stereotype Signale in den Frauengesichtern des jungen Thomas Mann.

Der kleine Herr Friedemann ist nach dieser Vorüberfahrt einen Augenblick stumm und taub, hört nicht einen banalen Kommentar seines Begleiters Stephens: »sondern blickte vor sich nieder auf das Pflaster«. Die Heimsuchung hat begonnen, ihr Glück und ihr Grauen, die Verwandlung von Friedemanns idyllischer Lebenswelt ins nicht mehr Geheure. Denn er wie der Leser sind auf diesen ersten Anblick der Gerda von Rinnlingen schon gründlich vorbereitet worden, durch kurze Zitate aus dem Stadtklatsch über diese reizvoll zweifelhafte Gattin des neuen Bezirkskommandanten. Sie raucht also, reitet, benimmt sich nicht nur frei, sondern burschikos, entspricht nicht den gängigen Vorstellungen von weiblichem Reiz und verhält sich eiskalt oder nur mitleidig gegenüber ihrem Gatten ...

Bevor wir lesen, was mit dem kleinen Herrn Friedemann geschieht, ahnen wir also, daß es um ihn geschehen ist. Und erfahren auch wieder, daß ein erster Anblick nicht immer die Initiation zu einer Leidenschaft ist, daß ihm Gerüchte vorauslaufen können, Lockungen, Warnungen, die dann eine erste Begegnung aufladen. Auch der Schock des ersten Anblicks, so jäh er scheint, braucht also eine längere, langsame Vorbereitung, um tief zu greifen.

In Wahrheit hatte er sie zum erstenmal am »Ring« gesehen, jener Hauptstraße mit den steinernen Lauben, wo ⟨...⟩ Dort hatte ihn plötzlich ihr Blick in die Augen getroffen, ein lustiger Blick, nur ein Sekündchen lang und wie ein Ball, der aus Versehen einem Vorübergehenden ins Gesicht flog, im Nu von einem Wegschauen gefolgt und einem geheuchelt arglosen Ausdruck. Er hatte sich rasch umgedreht, denn er dachte, nun würde das Kichern folgen, aber Tonka ging mit geradem Kopf, fast erschrocken; sie ging mit zwei andern Mädchen, war größer als sie, und ihr Gesicht hatte, ohne schön zu sein, etwas Deutliches und Bestimmtes. Nichts darin hatte jenes Kleine, listig Weibliche, das nur durch die Anordnung wirkt; Mund, Nase, Augen standen deutlich für sich, vertrugen es auch, für sich betrachtet zu werden, ohne durch anderes zu entzücken als ihren Freimut und die über das Ganze gegossene Frische. Es war seltsam, daß ein so heiterer Blick saß wie ein Pfeil mit dem einen Widerhaken, und sie schien sich selbst daran wehgetan zu haben.

Im vierten Anlauf endlich bietet der Erzähler die »Wahrheit« an über seine erste Begegnung mit Tonka. Dreimal läßt Musil ihn eine andere Version skizzieren, korrigieren, dann ausstreichen. Sollen, dürfen wir auch an der Glaubwürdigkeit der nun offenbarten »Wahrheit« zweifeln? Oder gibt es gute schlechte Gründe, die in der Erinnerung des späteren Liebhabers von Tonka ihr erstes Bild so verzeichnet, entstellt haben?

Seine erste Version nennt er ein »Märchen«, für seine dritte trägt die Verantwortung, so schreibt er, »das später in seinem Kopf gewachsene Dornengerank«, die dazwischen geschobene zweite liest sich wie eine Denunziation. Denn sie projiziert die erste Begegnung mit Tonka zurück in eine Kaffeerunde mit ihrer Kusine Julie, die gegen Geld jedem Herrn auf sein Zimmer folgt. Woran sich lange Überlegungen anschließen, ob solcher Umgang und auch der mit anderen Prostituierten der Nachbarschaft in der jungen Tonka das »Feingefühl eines Gemüts für Schande« zerstört haben könnte.

Doch das erste Wort in Musils Geschichte hat die Märchen-

version, aber die redet statt von Tonka nur von der Kulisse ihrer ersten Begegnung, von Vogelsang und Vogelschweigen, Abendsonne hinter Büschen, singend über die Felder heimkehrenden Bauernmädchen und beginnt mit: »An einem Zaun.« An einem Zaun, nun schon im Mondschein, will er auch in seiner dritten, der vorletzten Variante das Mädchen zum erstenmal gesehen haben und heimreitend zu einem Militärkameraden gesagt haben: »Ich würde schon gern mit so einem Mädel etwas haben, aber es ist mir zu gefährlich.« Worauf der andere ihm zynisch erzählt habe, daß sich solche Mädchen »in allem so willig unterwerfen ⟨...⟩ wie Negersklaven«, was ihn »verletzte«. So dieses Gemisch aus Mondglanz und Männerphantasien, ein von »Dornengerank« überwachsenes »Märchen«.

Also alles nicht wahr, wohl aber, wie die nun einsetzende Geschichte erweisen wird, sozusagen authentisch entstellte Erinnerungen. Denn Musil erzählt zwar eine im Aufriß altgewohnte Wiener Liebesaffäre, die vom feineren Herrn und dem schlichten Volkskind, doch mit einer Zuspitzung, die das alte Muster verwandelt. Der junge Intellektuelle, der mit Tonka schließlich zusammenlebt, kann ihre plötzliche, mysteriöse Schwangerschaft nicht aufklären. Er zweifelt, statt zu glauben. Obwohl diese Tonka, wie er sehr wohl sieht, jenseits aller medizinischen Wahrscheinlichkeitsrechnungen vollkommen glaubwürdig bleibt. Und das noch, als sie eher an seinem Verdacht als an der diagnostizierten Intoxikation stirbt.

Vergiftet vom Zweifel sind also nun auch seine ersten Erinnerungen an sie. Er möchte sie rein halten als Märchen und kann sie doch nicht frei halten von sexuellen Spekulationen. Zu schön, wenn die endlich, im vierten Versuch versuchte »Wahrheit« auch tatsächlich wahr wäre, dieser Anblick eines Mädchens, an dem Bestimmtheit und Deutlichkeit der Gesichtszüge am meisten auffallen. Zu schön, aber traurig genug, denn genau dieses bestimmte und deutliche Wesen wird der Erzähler in seiner Geschichte und in Tonka zerstören.

Register

Aufgenommen sind außer den Autoren der 77 zitierten und bespro-
chenen Texte auch – *kursiv bzw. mit kursiver Seitenzahl* – die im Text
erwähnten Autoren und Werke.

Übersetzte Texte und ihre Übersetzer

Austen · Vernunft und Gefühl: Reinhard Baumgart
Beckett · Das letzte Band: Elmar Tophoven
da Ponte / Mozart · Così fan tutte: Reinhard Baumgart
da Ponte / Mozart · Don Giovanni: Reinhard Baumgart
Flaubert · Erziehung des Gefühls: Heinz Kauders
Flaubert · Madame Bovary: Hans Reisiger
Kierkegaard · Tagebuch des Verführers: Emanuel Hirsch
Laclos · Gefährliche Liebschaften: Franz Blei
Molière · Der Menschenfeind: Hans Weigel
      Nabokow · Lolita : Helen Hessel, Maria Carlsson,
      Kurt Kusenberg, H. M. Ledig-Rowohlt, Gregor von Rezzori
      und Dieter E. Zimmer
Proust · Die wiedergefundene Zeit: Eva Rechel-Mertens
Proust · Im Schatten junger Mädchenblüte: Eva Rechel-Mertens
Shakespeare · Romeo und Julia: Schlegel / Tieck
Stendhal · Rot und Schwarz: Walter Widmer
Tolstoj · Anna Karenina: Egon Friedell
Tschechow · Die Dame mit dem Hündchen: Peter Urban
Tschechow · Die Möwe: Peter Urban
Tschechow · Onkel Wanja: Johannes von Guenther
Turgenjew · Erste Liebe: Erna von Baer

Inhalt

Die klugen Voyeure

Die schlimmen Kinder

Entweder – Oder

Parallel-Aktion

Machtspiele

Liebeskarrieren

Wer verliert, gewinnt

Gegengift

Blühender Tod

Kein Ende!

Erster Anblick